四时五味

王开生 著

饮啄天时，烹鲜道法
箪食远志，瓢饮初心

美味和季节皆不可辜负，四时风物最宜与君飨

山东文艺出版社

图书在版编目（CIP）数据

四时五味 / 王开生著. -- 济南 : 山东文艺出版社, 2025.4. -- ISBN 978-7-5329-7286-9

Ⅰ. I267

中国国家版本馆 CIP 数据核字第 2025MA0215 号

四时五味
SISHI WUWEI

王开生　著

主管单位	山东出版传媒股份有限公司
出版发行	山东文艺出版社
社　　址	山东省济南市英雄山路 189 号
邮　　编	250002
网　　址	www.sdwypress.com

读者服务	0531-82098776（总编室）
	0531-82098775（市场营销部）
电子邮箱	sdwy@sdpress.com.cn

印　　刷	山东新华印务有限公司
开　　本	880 毫米 ×1240 毫米　1 / 32
印　　张	7.5
字　　数	160 千
版　　次	2025 年 4 月第 1 版
印　　次	2025 年 4 月第 1 次印刷
书　　号	ISBN 978-7-5329-7286-9
定　　价	49.00 元

版权专有，侵权必究。如有图书质量问题，请与出版社联系调换。

小引

美食人生

高建刚

我曾去英国住了一个多月，处处可圈可点，唯饮食着实不敢恭维。英国人的饮食观似乎是摄入维持身体运转所需能量足矣，炸鱼、薯条竟跻身于代表性美食前列。在我看来，炸鱼、薯条过于单调且不够健康，我只得不辞辛苦光临意大利或西班牙餐厅抚慰一下委屈的胃。当然了，最能抚慰我的莫过于熟悉亲切的中餐馆。相形之下，中国的八大菜系——鲁菜、苏菜、川菜、粤菜、浙菜、湘菜、徽菜、闽菜各领风骚，千奇"斗味"，无不令人大快朵颐，每每令我由衷叹服"满汉全席""舌尖上的中国"这些语汇只能在我国诞生。

刚经历过英国"美食"的历练、拷问回国，我赏读了王开生的散文集《四时五味》。此前，我对上升到文化高度的饮食领域几无涉足，各国各地的美食虽也都曾品尝，但遗憾的是仅停留在满足口腹的层面。从食材的精挑细选到考究繁复的烹饪，关于美食的前世今生，我知之甚少。《四时五味》让我对饮食文化迸发出前所未有的兴趣，开始思考美食之于学问甚至于人生的启迪，最强烈的冲击便是，无论何事都不敢敷衍、塞责、亵慢、怠惰。遂联想自己活了这把年纪，吃了大半生，难不成真乃"白吃"——痴？扼腕感慨，愧对天赋的味蕾、大自然馈赠的食材、兼具智慧与美学的烹饪。继而又想到，当年对火爆全国的《满汉全席》《舌尖上的中国》都浑然无感的我，却轻而易举地被《四时五味》撼动，这是什么魔力？

《四时五味》是一部关于饮食文化的散文集。散文在文学体裁中应该是最为大众所接受也最难写出名堂的文体。纵览散文走过的路，从先秦诸子散文到古文运动，从现代文学到当代文学，散文文本的创新似乎尤为困难。1986 年，上海文艺出版社出版了"文艺探索书系"——《探索诗集》《探索小说集》《探索戏剧集》《探索电影集》……唯独缺了"探索散文集"。这从一个侧面反映出当时散文探索相较于其他体裁徘徊不前的样貌。直至二十世纪九十年代以来，散文文本才表现出探索、实验、突破的态势，大散文、美文、学者散文等相继登上文坛，万字乃至数十万字的散文文本纷纷发表出版。散文创作须集思想深度、感情浓度、知识广度、观察敏锐度和语言穿透力等诸多真功夫于一身，其他文学体裁好似穿着各式时装登场，而散文则只有比基尼遮羞，哪里有瑕疵、有欠缺一眼可辨。正所谓没有金刚钻，不敢碰散文创作这个瓷器活。王开生就有这个金刚钻。

王开生另辟蹊径，在自己擅长的饮食文化领域独具匠心，运筹一片天地。通常的饮食文化散文多是千字文或称小品文，在当下散文界，千字文陷于被冷落近乎摒弃的境地，因其门槛低，凡舞文弄墨者皆能写出个把篇章。如同今天的摄影，自手机有了强大的拍照功能，人人都是摄影师，且不论是误打误撞还是幸运偶遇绝好瞬间，还真能拍出摄影家也难以完成的好作品。然而越是门槛低，创作标准越高。千字文易写，写好却不易。经典饮食文化散文不为字数左右，长短自然天成，只为最大限度地实现文学意义。清初李渔钟情于美食，《闲情偶寄·饮馔》以食喻人，趣味满溢，流淌着对人间烟火、对生命生活的深情；清袁枚秉承"不时不食"的理念，创作而成的《随园食单》堪称饮食文化百科全书，厨者公认圭臬；梁实秋在散文集《雅舍谈吃》中如数家珍，《西施舌》《烤羊肉》《面条》等一系列谈吃小品文脍炙人口，著名美学家朱光潜曾评价梁实秋，其散文对于文学的贡献在其翻译《莎士比亚全集》之上；汪曾祺的散文集《故乡的食物》令人拊髀叫绝，其中《炒米和焦屑》《端午的鸭蛋》《咸菜慈姑汤》等名篇连汪老本人都颇为得意……凡此种种，不难看出饮食文化散文虽为千字文，但有诸多名家名作流传于世。同样，王开生的《四时五味》中散文无论篇幅长短，皆有重量。无论短小精悍者如《五味杂陈》，抑或洋洋洒洒万言之力作《不时不食》，皆包罗春夏秋冬四季时令食材烹饪之万象，融文学性、思想性、知识性、趣味性于一炉。

　　王开生在饮食文化领域的自如徜徉，得益于他的原生家庭、天赋异禀和亲力亲为。他自言从小就馋，即便在食物匮乏的年代，依然能寻到特殊的美味。他具备天赐的空军体格：双眼裸视2.0，到现在视力仍保持在1.2左右；拥有稳定的平衡系统，无惧任何颠簸混乱的环境，长途出差中，坐在汽车上长时间写作丝毫不晕车；生就敏锐的嗅觉、味觉和强大的消化系统，使他什么都能吃，什么都敢吃，还能吃出个所以然；关键还要归功于他的经历，自参加工作起就在涉外的星级大饭店，从最基层到管理岗位数十年，这大大拓展了他中国饮食文化的视野。他熟知全国各菜系的代表菜，遍尝华夏美食，又广交天下美食家，熟知各地美食文化。无论山珍海味，还是民间小吃都根植在他的大脑里，于他的侃侃而谈之间，你自会垂涎驰往。

王开生将饮食文化引入散文创作，深受汪曾祺和梁实秋的影响，这从他的文本审美特征可窥一斑。但他并未囿于大师的强力磁场，而是扬自己之所长，字里行间透出地道的烹饪现场气息，仿佛听到娴熟刀工的不同刀法在砧板上的碰撞声，仿佛看见炒锅里升腾的火焰和火焰中跳跃的食材，仿佛嗅到空气中弥漫着的混合性馥郁浓香。这魅力的独特性，无法效仿，不可取代。

王开生饮食文化散文的独特性还表现在语言的驾驭上。他的语言很有辨识度，充满与生俱来的味道：巧妙运用古文词语，增强了语言的节奏感，简明利落而无拖沓凝滞；不乏诙谐幽默，闪耀着智慧的光芒。此种风格与美食呈现乃天作之合，相得益彰，呈现出个性十足的文本。王开生语言风格的形成，得益于他的古诗文功底、童子功书法以及风趣幽默的性格。他的记忆力像他的空军体格一样出类拔萃，脱口能出名诗名句，他的行文自然带有典雅的古韵；他的书法不亚于专业水准，进入文学创作之前，他的身份之一就是书法家，于是书法的节奏感在他的文学语言中凸显出来；平日里他经常俨然一副相声大师派头，妙语连珠，逗乐四座，于是字里行间平添了诸多妙趣。

谈及文学创作，王开生常说自己"发育较晚"。这虽是自谦，也是实情，他的《四时五味》和已经出版的《观澜集》《寻味四季》，是他近几年利用业余时间创作完成的，短短几年间实现如此的创作量，没有足够的才华显然难以完成。更令我钦佩的是，王开生执着探索饮食文化的热忱和倾情投入散文创作的勤奋。他常做说走就走的旅行，"冒着飘摇密雪，独自一人夜宿在湘西凤凰古城"；"凄迷灯火中，夜寒，风冷，人独立，此刻要享受的，正是那份来之不易的孤独"（《夜寒定有人相忆》）。他每到一地，田间访查，遍寻当地特色美食是第一要务。他去新疆出差，疲劳困顿的同行们都在汽车行驶的颠簸中睡着了，唯有他还在手机上静心写下关于新疆饮食文化的散文……

我始终相信，一篇优秀的散文给予我们的不仅是知识的弥补与开拓，还是物质与精神的双重美感，更是一股爱与善的感动、一份悲悯的情怀、一束照亮黑暗的真理之光。《四时五味》让我沉湎其中……

行文至此，我感到眼前的饮食焕然一新，我的味蕾打开，如花绽放，眼神有了探究之光，它们的形、色、味吸引着我，去探寻其千丝万缕的文化内涵。

（作者为泰山文艺奖获得者，青岛市作家协会名誉主席，中国作家协会会员）

王开生其文其书

周蓬桦

那一年，阿岱召集的小聚会，王开生到得晚，在他落座的瞬间我暗自吓了一跳，因为其相貌和当时正走红的某南方海派清口男星有点像。但细聊后又觉得他就是他，与别人没有一点儿关系。首先，他儒雅，又低调，有点海派，加一点儿民国范儿。若戴上一副小圆墨镜拍一张照，把照片做旧，人们会以为他不是这个时代的人。那一晚，知道他是岛城知名的书法家，有童子功底。大家对酒店房间里悬挂的某幅字指指点点，惹得技痒，可惜不能铺开纸墨当场演练一番。好在他手机里存有几幅书法作品的旧照，我一一欣赏，觉得字如其人，散发文人气，属于散淡雅致的一类，让人想起苏轼《题王逸少帖》中的一句诗："萧然自有林下风。"

时隔年余，仍是阿岱召集，这次是搞文学讲座，其时疫情汹汹，搞个活动太不易了，大家偷个闲在一起交流文学，心头涌上别一番滋味。开生带了一册美食散文集《寻味四季》，他一笔一画地用毛笔题名落款，行楷字工整稳实，让我心起愧怍，觉得自己以往的书写习惯有问题，应该向他学习。我知道，在网络时代，能够一笔一画把字写好的人越来越少，是因为生活节奏加快，日子过得潦草，心亦跟着潦草。但从他身上，却看到难得的安静和处事的认真。

在我看来，开生的散文与书法如出一辙，并且把书法与美食很好地结合起来，风格清雅闲适，才气侧露，尽显淡定从容之姿。只是文字似乎更多地散发烟火之气，由于多取材于美食珍馐，他的书写更接近市民生活，因此容易受到都市知识女性的青睐。其实，小品美食文字目前发展并不乐观，甚至是走在弱化之途上。美食散文的兴盛，对时代环境和作家都是有较高要求的，生活节奏要缓慢、宽松、多元，作家本人要拥有驳杂的知识学养背景、绅士风度、平和趣味、恬淡性情等等，缺一不可为之。

开生是地道的青岛人，自然对故乡情感深厚，谙熟青岛当地的民俗风情，比如他曾写到旧时的青岛春节时老城区有赶庙会的习俗，"戏班子亦会在这天搭台唱戏，以柳腔、茂腔为主。另有跑旱船、踩高跷的，演员们穿上行头，敲锣打鼓，沿街表演，真正体现了一个'闹'字"。这样的古风画面似乎永久性地消失了，成为老人们冬闲时节的话题。而地方戏如茂腔，我至今没有领略，数年前从莫言的小说《檀香刑》中看到过——世界上只有作家诗人有权利虚构演绎，恰如莫言将茂腔演变为"猫腔"，便令人多了几分遐思。

此外，开生是汪曾祺先生的"粉丝"，这与他骨子里的南方情结不无关联，也与书生式的审美性情脱不了干系，从这本新著中诸多题目中可见一斑：《不时不食》《苏式滋味》《碧螺春 酒酿饼》等。这些文字似乎都能把人带入某种情景——瘦西湖泛舟的夜晚，月光晃动在湖边的黑瓦檐上；或者，大片油菜花爆开的早春，湿润的空气里游动着细雨明亮的丝，古老的巷子里弥漫着炸豆腐和烙春饼的香气，自然还杂有一缕黄酒、青梅酒的气息和炒茴香豆、竹笋烧肉的气息。这样的场景，让人变得笃定。

那天读到一句话，觉得比较契合阅读开生文字时的感觉：毛茸茸的花絮落满地上，密密麻麻的春天就到来了。

在一个飞速运行的时代，不是所有的人都能活出一份精致、品咂出生命的况味来的，而至少这本书的作者做到了。愿他在书法和散文创作的双轨道上徐徐前行，同时顾盼路边美好的景色——滋养生命的自然之色、文化之色和美食之色。

（作者为冰心散文奖、泰山文艺奖获得者，山东省作家协会散文创作委员会常务副主任，山东省散文学会副会长，中国作家协会会员）

目录

风味四季

人间烟火

四方食事

风味四季

汪曾祺乡味宴	003
不时不食	009
碧螺春　酒酿饼	033
青岛人的虾虎季	036
苏式滋味	039
闲话芫荽	043
夏至话吃面	046
糖水与冷食	050
时光中的端午节	056
虾子酱油	059
伏酱与秋油	062
岭南甘蔗	064
赏菊且持螯	066
冬天的暖锅	069
春节话食俗	072
冬令地三鲜	076
夜寒定有人相忆	079

人间烟火

那些老青岛的民间小食	085
齐鲁乡味	097
素食之惑	102
风味人间	105
漫话菜名	108
馅饼粥	111
叹早茶	114
五味杂陈	117
茶来茶去	121
闲话饮酒	128
老字号里的美食	131
食堂记忆	134
那些远去的吃食	137
山水大石村	140
闲话大肠	143
爱恨猪油	146
梁实秋笔下的顺兴楼	149
光阴里的咖啡	152
漫话鲁菜之流变	155

四时五味

四方食事

澳门食光	165
舌尖上的陕甘宁	169
别样徽菜	179
"傲椒"的湘菜	182
寻味江城	185
泰州早茶	188
常州散记	191
泉城小食记	195
新疆是个好地方	198
印象山城	203
陆文夫和他的老苏州茶酒楼	208
人间有味是乡愁	214

风味四季

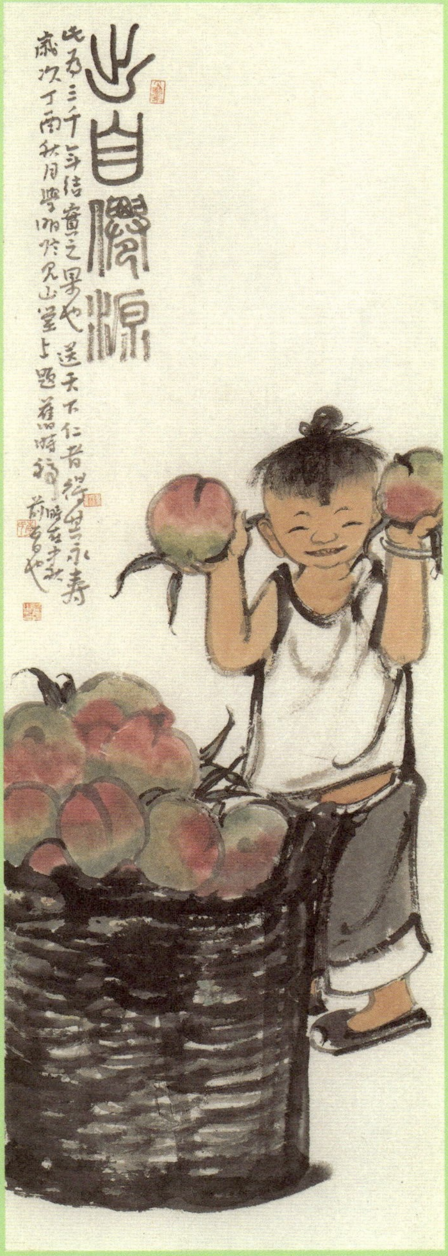

清其思也

山中歲月 庚子九月寫生

食我園中蔬

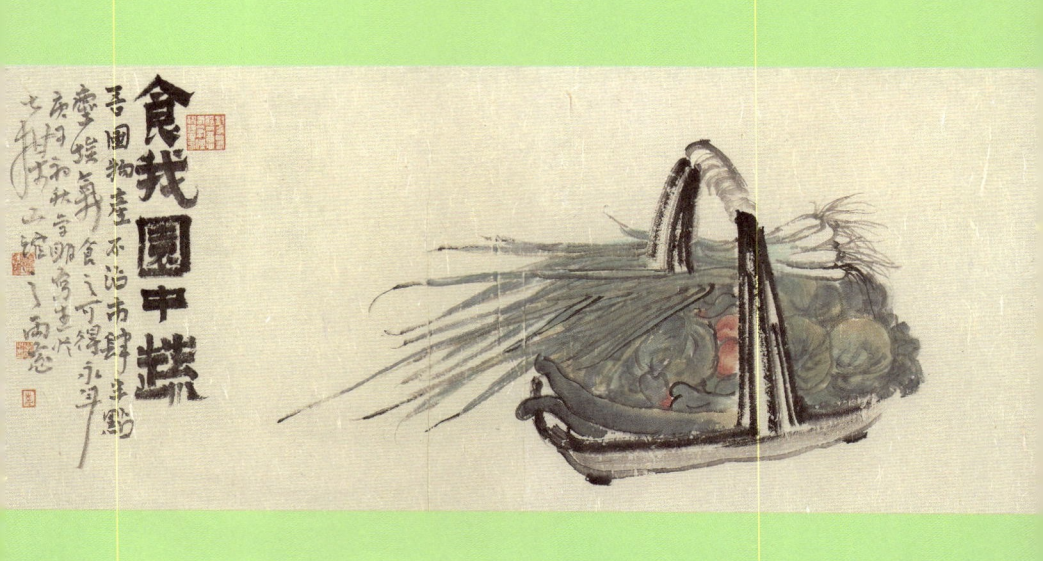

吾園物產不沿市肆半點
塵埃氣食之可保永年
庚寅秋七月寫生片
刻於山雅之兩忘

今又白露

鄉諺道七月十五棗紅圈，八月十五晒半干，九月十五
打了箱。十日中五摸著歲月飄忽今又白露驀
外婆樹子寶果已紫已白皆曰晴沉懷想心目萱
憶寫是圖以抒眷懷解暑如見吾家故人也在
吾宅棗樹下如此昔時秋風里

得财图 今昔日尝与祖父储菜窖才食之解美今集肆所售大白菜饱经长途口味已非偶忆山家蔬时回忆写幅记之

汪曾祺乡味宴

腰缠十万贯,骑鹤下扬州。

王渔洋曾这样评价扬州:"此处物产之饶甲江南。"的确,扬州地处长江和淮河两大水系之间,物阜民丰,自古繁华,"春有刀鲚夏有鲥,秋有蟹鸭冬有蔬"。有关饮食文化的描写是《红楼梦》中重要的组成部分,据红学家考证,《红楼梦》中涉及的饮食文化体系,即以淮扬菜为主脉,也就是说,"红楼菜"亦多是淮扬菜。二十世纪八十年代后期,在红学家冯其庸的倡导下,扬州饮食界精心研发推出了"红楼宴"。历经国内文化名人王世襄、王利器、周绍良、李希凡、杨仁恺、邓云乡等的品鉴、研讨、推动,红楼宴一时风靡海内外,扬州美食也声名鹊起。

兼有文人菜的雅致与官府菜的华丽,是淮扬饮食的重要标签。2019年,"扬城一味"旗下的"扬州宴"领衔推出"汪曾祺家宴",将当代作家、美食家汪曾祺描写过的里下河地区乡味菜,系统总结、提炼、研发,终有所成。其时,四方文人墨客与美食饕餮客们莫不以食汪曾祺家宴为快事,家宴菜式亦得到汪老长子汪朗的首肯和支持,扬州饮食界的文化名宴,又添新枝。

琼花盛开之时，绿扬城郭草长莺飞，满目苍翠，"扬城一味"在"汪曾祺家宴"的基础上赓续前行，"汪曾祺乡味宴"应运而生。作为一名资深的饮食从业者，我叹服"汪曾祺乡味宴"出品的精、细、美、巧、雅，可谓"只可被模仿，从未被超越"。

"汪曾祺乡味宴"按春、夏、秋、冬时令，共分四章，暗合了淮扬菜"不时不食"的一贯饮食理念。"春之篇"披红挂绿打头阵，其冷盘呈现如下：南乳炝湖虾、高邮咸鸭蛋、咸菜鲫鱼、香蒲包肉、界首茶干、咸味三拼、炝双笋、杨花萝卜，共计八道，清一色细瓷小碟，高低错落有致，摆盘如艺术品般惊艳，令人不忍下箸。桌上没摆花，八款十碟冷盘，即十朵可食之花，咸鸭蛋的橙黄，小萝卜的通红，莴笋的翠绿，蒲包肉的粉白，酱紫色的茶干切成细丝与纤纤嫩豆苗合拌，顾盼生姿，雅有清芬。

最能引发食趣的，首推香蒲包肉。汪曾祺在其小说代表作《异秉》中对此菜有过细致描述："蒲包肉似乎是这个县里特有的。用一个三寸来长直径寸半的蒲包，里面衬上豆腐皮，塞满了加了粉子的碎肉，封了口，拦腰用一道麻绳系紧，成一个葫芦形。煮熟以后，倒出来，也是一个带有蒲包印记的葫芦。切成片，很香。"

可喜的是，出品方完美复原了这道汪曾祺乡味美食，葫芦形的蒲包肉，入口有蒲草的清香、豆腐皮的豆香、五花肉的鲜香，肉质紧实，有韧劲儿，鲜中微微带甜，咀嚼回味，是绝好的下酒小菜。"汪曾祺乡味宴"出品监制、淮左雅厨陶晓东告诉我，里下河人擅长就地取材，蒲草遍地生长，多用于编织日常生活物件；此外，蒲草在饮食方面应用亦广，除蒲包肉外,以其捆扎湖蟹,烹制亦美。北宋高邮籍诗人秦少游腌好了醉蟹,即是用蒲草扎好,手提着送给老师苏轼的,留下一段千古佳话。

高邮咸鸭蛋、界首茶干、杨花萝卜等风味小菜,汪曾祺在著述中皆有介绍,以高邮咸鸭蛋传播最广,咸鸭蛋随之也成了高邮的代名词。杨花萝卜,即北方人说的小红丁,因在杨花飞舞时上市,故汪曾祺家乡称其为"杨花萝卜"。其水分足,脆嫩,微甘,爽口而味美。咸味三拼即咸猪肝、咸草鸡、盐水鹅,皆咸鲜口,虽为小食,一式一格,品质不俗。

汪曾祺的同乡好友,作家、美食家陆文夫在名篇《美食家》中借朱自冶之口说道:"丰盛的酒席不作兴一开始便扫冷盆,冷盆是小吃,是在两道菜的间隔中随意吃点,免得停筷停杯。"美食家到底是美食家,所言极是。冷盘只是前奏,好比电影开场前的"加演",大戏开场前的报幕。热菜才是粉墨登场的主角儿,共推一汤八菜,分别是咸菜老鸡慈姑汤、虾仁蟹粉绿豆粉皮、雪菜豆瓣虎头鲨、糯米八宝鸭、咸鱼红烧肉、高邮汪豆腐、汪老的回锅油条、豆瓣炒洲芹、炝炒螺蛳头。食材取自里下河地区的寻常之品,经厨师妙手演绎,化平凡为神奇,是真正的、来源于生活又高于生活的文化乡味宴。

其中弹睛落目的菜式,是初次品尝的八宝葫芦鸭。汪曾祺在《学人谈吃》序中如此写道:"我的师娘,三姐张兆和是会做菜的。她做的八宝糯米鸭,酥烂入味,皮不破,肉不散,是个杰作。"此菜是淮扬菜的功夫菜之一,难在将整鸭去骨存皮,又不失其形;再将芡实、香菇、冬笋、火腿、白莲、红枣、松仁等辅料上火炒制后,配上主料糯米,集齐八宝,末了把馅料填入鸭子腹中,塑成葫芦之形,入锅烧制即成。八宝葫芦鸭呈酱红色,油光锃亮,食之香糯,味腴,亦滋补,核心是保证菜品造型的完整美观,今番在"扬州宴"总算是取到了真经。此菜亦作为淮扬菜的代表作品,在美食纪录片《风味人间》中闪亮登场。

"虎头鲨味固自佳,嫩比河豚鲜比虾",是汪曾祺赞美乡味虎头鲨的诗句。虎头鲨,本来以为我从未尝过,满怀好奇,结果雪菜豆瓣烧虎头鲨甫一上桌便觉眼熟。原来昔年我曾在微山湖上食过此物,鱼身长不过一拃,至多二到三两重的样子,长不大,当地人皆称之为"鲹鱼",有贵宾来时,方才登堂亮相。苏州人则称虎头鲨为"塘鳢鱼",历史上曾有一款苏式经典名菜"雪菜豆瓣汤",引为传奇。

相传乾隆下江南时,在松鹤楼食过一碗"雪菜豆瓣汤",留下了"好吃得不得了"的至深印象。回京后,皇上命御厨如法炮制,但任凭雪菜豆瓣如何烹调,皆不得其法,御厨遂急往江南取经。到松鹤楼始知,所谓的豆瓣,乃是春天塘鳢鱼肥嫩的两片腮帮肉,形似豆瓣而已。以此制汤,费工费时费料,焉能不鲜?

汪曾祺被誉为"中国最后一位士大夫",不但美食文章写得好,动手能力在文化圈中也颇有口碑,越老名气越大。昔年美籍华人女作家聂华苓赴汪宅做客,汪曾祺烧了大煮干丝等一桌家乡菜款待贵客,聂华苓最后端起大碗,连煮干丝的汤都喝得精光,足见汪老烹调之美。

陶晓东告诉我,一块特制的白豆干至少要片成二十五片才算到位,高手能片出三十片,达到薄如蝉翼的效果,切丝后,鸡汤更容易入味。扬州"三把刀"之一的"厨刀",正是在这样日积月累的精益求精中享誉世界。

然而，令汪曾祺最得意的尚不在此，他甚至还独创了一款"塞馅回锅油条"，"油条两股拆开，切成寸半长的小段。拌好猪肉（肥瘦各半）馅。馅中加盐、葱花、姜末。如加少量榨菜末或酱瓜末、川冬菜末，亦可。用手指将油条小段的窟窿捅通，将肉馅塞入，逐段下油锅炸至油条挺硬，肉馅已熟，捞出装盘"。闻听，此菜已作为高邮菜的代表，被隆重地推而广之了。"汪曾祺风味宴"复制的这款汪味独创菜，让我圆了一个亲近汪曾祺的美食梦。话说回来，"塞馅回锅油条"其实是日常生活中灵机一动的余料再加工，成功的秘诀是油条要炸酥炸脆，用汪老的话说，"嚼之可声动十里"。

一方水土养一方人。北方人多认为扬州在江南，江南人却道扬州在江北。位于南北交会之地的古城扬州，生长有诸多南北方皆不多见的时蔬，"豆瓣炒洲芹"中的洲芹，即是一例。北方出产的芹菜，称"旱芹"；江南水乡"水八仙"里的芹菜，称"水芹"，我都吃过。菜名中的"洲芹"，即"水芹"生长于近水之畔，脆而绿，拈筷入口，有一股淡淡的清香。在扬州，洲芹另有一个象征好彩头的名字：路路通。扬州人说，食洲芹，百业路路通。

淮扬饮食中，点心的出品亦是重头戏，与红案烹饪各领风骚，交相辉映，堪称"绝代双娇"。点心厨房又叫"白案"，淮扬代表面点有三丁包、蟹黄汤包、翡翠烧卖、千层油糕、空心大麻团等。"汪曾祺乡味宴"独辟蹊径，不走寻常路，以一款"里下河的梳头令"抚平我心。梳头令，旧时选材为过夜剩米饭，次日再加入面粉使其发酵，妇女去河边梳头的空当儿米面完成发酵。磨成米浆后，添入酵母、食用碱、糖、鸡蛋，再发酵少顷，便可制成米糕，即梳头令。"汪曾祺乡味宴"中的梳头令，兼有米香、酒香、糟香，想是加入了甜酒酿之故，入口松软、香甜。清代文人美食家李渔在《闲情偶寄》中讲，"糕贵乎松，饼利于薄"，梳头令正合此意。

扬州炒饭是扬州传统名馔。"汪曾祺乡味宴"的高潮，是陶晓东亲自下厨，当众烹制创新版的扬州炒饭。大砂锅中米饭已蒸熟，上覆新绿春韭碎，已逼出浓郁韭香，弥漫厅堂。此时，将烧好的一大勺淮扬软兜一股脑儿倒入锅中，快速翻炒，和匀，一碗软兜春韭炒饭，油汪汪，香喷喷，惊艳四座。

在我看来，"汪曾祺乡味宴"无疑是成功的，又闻听趣园"东坡宴"的研发也在不断完善中日渐成熟，扬州饮食界的文化名宴，果然领衔一时之风骚。

心满意足地辞别了这座美食之都，耳畔似传来瘦西湖船娘缠绵婉转的《扬州小调》："你到底要不要嘞，我的乖乖隆地咚，韭菜炒大葱。"汪曾祺故乡人的乐观平实、诙谐幽默和先生笔下的文字一样，有味，有趣。

不时不食

一

清代文学家兼美食家袁枚,在著述《随园食单》中有句经典名言:"不时不食。"也就是说,不合时令或不按自然规律生长之物,尽量不吃。换种说法,合时令且新鲜上市之味,宜趁早勤食。传统饮食讲究"春吃芽,夏吃瓜,秋吃果,冬吃根",不无道理。

初春去苏州,偶遇乡间农贸市场。菜市上各色鲜嫩欲滴的青菜和野菜,一篮一筐排成一长溜。戴蓝花头巾的农妇,操着吴侬软语,热情地与往来客人打着招呼,寒暄着。真是令人羡慕眼馋得很。据说,苏州人有"三日不吃青,两眼冒金星"之民谚,难怪呀!北方此时尚在天寒地冻中,应时的青菜只有萝卜和白菜。春到江南,绿叶菜的应季品种实在是丰富而撩人胃口。

江南春来早。苏州的时令蔬菜常见的有"七头一脑",即荠菜头、马兰头、枸杞头、纹纹头、苜蓿头、豌豆头、小蒜头、香椿头和菊花脑。头,就是嫩芽,自然是绿叶春鲜第一等。

苜蓿头,又称金花菜,极嫩的小片绿叶菜,宜焯水后猛火快炒。江南人多将此菜与烧河豚、烧蚌肉相配,碧绿可增色,清爽可解腻。

最受江南人喜爱的当属马兰头。家庭中、酒馆里，香干拌马兰头出镜频率颇高。马兰头切得细碎，香干改刀成细丝，合拌后码成宝塔形装盘，是春天爽口小菜的不二之选。旧时，苏州的酒店只卖酒水，并不供应炒菜，至多有卤豆干和五香豆等小食佐酒。但每到春季，各酒店必有香干拌马兰头应市尝鲜，此俗沿袭至今。

椿萱并茂，多比喻父母健在。椿和萱，则分别代指父和母。

香椿头南北皆出，不少人家亦喜在院中栽植香椿树，南方比北方早大半个月上市。香椿拌豆腐、香椿炒山鸡蛋、炸椿鱼等，都是应时的美馔。香椿的近亲臭椿，虽貌似，但其叶不可食，有小毒。古人将香椿称为椿，将臭椿称作樗，两者并不是一种东西。

春季自然生长的时令蔬菜，清明前的韭菜、韭黄、菠菜、香椿等，算是比较常见。而上市最早的野菜，当属惊蛰前后的荠菜。

"城中桃李愁风雨，春在溪头荠菜花。"荠菜，素有"野菜第一鲜"的美誉，南北方同喜食之。荠菜豆腐汤、凉拌荠菜、荠菜炒年糕，或用荠菜入馅，包汤圆、春卷、馄饨，皆美。这是江南的食法。

春天的岛城，野生荠菜广布，以崂山地区为最盛。市内诸山头和八大关、汇泉广场等有成片的草坪，开春后随处可见手持小铲的勤劳市民，也不乏搂草打兔子、赤手空拳临时起意的采挖野菜之人。野生的荠菜叶子细瘦，连根带叶乱蓬蓬的一堆，虽其貌不扬，却是包饺子和包子的绝好馅料。春天的荠菜亦可焯水后拧干水分，团成团置于冰箱里冷冻，一年中可随时拿来尝鲜。

踩着荠菜上市的鼓点,蚂蚱菜、拳头菜、苦菜、面条菜、榆钱等争相登场。蚂蚱菜,即江南人所说的马齿苋,青岛地区多用其包包子。将炸好的花生碾碎,加麻油、生抽、醋、盐与蚂蚱菜同拌,是岛城传统的春鲜小菜。

崂山地区自古就有食拳头菜的食俗,拳头菜更被赞为崂山的"山珍之王"。因其叶集于一端,形如握拳,故被形象地称为拳头菜,也叫蕨菜。新鲜的拳头菜营养丰富,有浓郁的清香。食用时须焯水去掉有害成分,将其晒干后与肉同烧,味道绝美。

春节期间,在扬州和镇江两次吃到同一种时令绿叶菜,当地人叫作小青菜。用旺火煸炒之后,加少许清汤煨熟,入口绵、甜、糯、香。虽貌似北方的小油菜,但风味迥异。青菜吃出软糯之感,至今我还未遇到过重样的。

"小——青——菜,甜——又——糯。"旧时,立春过后,镇江街市上多有挑担卖此菜的,皆如此吆喝,招揽生意。镇江友人郝捷告诉我,当地人也称这种青菜为"苏州青"。产地仅限于扬州、苏州、镇江,上市期仅半月有余。我忽忆起,去岁春节在苏州也吃过同一种菜,苏州人称菜茧,也有称菜薹的。苏州美食作家叶正亭告诉我:"梅花树下生长的菜茧,滋味有梅香气。"如此,真是锦上添花了!

雨水时令,叶正亭从苏州相城区阳澄湖镇沈周村寄来了糯糯的碧绿青团子,四种口味,一张大红的"春"字覆在包装盒上,透着喜庆。他得意地说:"包装是我指导设计的,青团,代表着春天的美食信号哩!"

二

清代李笠翁在《闲情偶寄》中讲，笋，为"蔬食中第一品"。他还嫌表达得不够尽兴，又说，肥美的羊肉、鲜嫩的猪肉都不能与之比肩，足见其对竹笋的偏爱。

我在二十五岁之前从未见过鲜竹笋，更没有机会享用。那时候，北方城市中所售卖的竹笋，多是铁罐包装的清水笋和笋干，老青岛人称后者为玉兰片，因它的外形色泽有如玉兰花的花瓣，且清香馥郁，故名玉兰片。竹笋玉兰片属于高档原材料，多在上档次的酒楼饭馆中出现。早些年经营传统鲁菜和京菜的菜馆里，"烧双冬"是出现频率较高的名菜。二十世纪九十年代，我每次去京城出差或旅游，都会到王府井大街胡同里的一家菜馆，点上一盘打打牙祭，真是美味！双冬，特指冬菇和冬笋。笋素有冬生和春生之分，冬笋藏于土中，味厚而腴；春笋则破土而出，清芬爽脆，两者各美其美。

单说春笋。

1991年的暮春时节，我和同学相约登临安徽黄山。在汤口镇工人疗养院的一家土菜馆里，第一次吃到油焖春笋。往后两天，又陆续品尝了春笋炒腊肉和炝拌春笋丝，留下了舌尖上的难忘记忆。下山时，恰好经过山脚下的一片竹林，一眼瞥见几根刚刚冒出头来的春笋，大喜过望，我俩激动地跑上前去，一人踹倒一个，千里迢迢一路背回了青岛。一晃三十多年过去了，往事宛在眼前。

腌笃鲜是上海人每年春天喜食的时令汤菜，我第一次尝试就在此地。后来去苏州,再次吃到了当令的腌笃鲜。说起来,苏帮菜和上海菜同根同源,早先上海滩叫得响、上档次的菜馆,多是苏州人掌管经营的。可以这样说,是苏帮菜催生了后来的上海菜,如同鲁菜清末在京城兴盛,催生了后来的京菜,一个道理。

苏州东山宾馆的苏菜烹饪大师黄明告诉我,腌笃鲜的"腌"指咸肉,苏州人春节期间有食咸肉和火腿的习俗;"鲜"指生鲜肉;"笃"则是指烹调方法,即砂锅小火慢炖之意。而这道菜的灵魂无疑是白嫩饱满的春笋。此外,苏州人还喜欢加入百叶结同煲。若考虑颜色搭配好看,出锅前再添加少许切成滚刀块的碧绿莴笋,也很常见。

雨水惊蛰时节,和家人闲逛菜市场,一堆堆带着新鲜泥土芬芳气息的春笋勾起了我的食思。称笋、买肉、切块、焯水,晚餐即成一砂锅香气四溢的腌笃鲜。汤色炖至乳白,稠而不腻,啜一口,用苏州话说,能鲜掉眉毛来;嚼一块笋尖,脆脆沙沙的质感,顿时有了"咬春"的意味。李笠翁说,笋和肉同煮一锅,人们多取笋食而遗弃肉。由此可见,若将肉比作鱼,笋显然犹如熊掌了。

蓼茸蒿笋试春盘,人间有味是清欢。每年的三月至五月间,是春笋的最佳食用季节。春笋的吃法颇多,印象至深的,是与烤麸、黄花菜、木耳同烧,即闻名遐迩的"四鲜烤麸",也是沪上素菜名馆功德林的招牌菜。这道菜我小时候犹爱食之,惊为天物。其实,笋与同时令的原材料搭配方为上选,诸如春笋拌香椿头、荠菜春笋肉丝、春笋炒螺蛳头、虾子笋芽、青蚕豆炒笋片等,鲜上加鲜,如此,才对得起笋"蔬王"之美誉。

大美食家苏东坡曾说："宁可食无肉，不可居无竹。无肉令人瘦，无竹令人俗。"不知何年何日何人在后面又添了两句："若要不俗又不瘦，餐餐笋烧肉。"

我猜，此君定是位懂行的"铁杆吃货"！

三

"竹外桃花三两枝，春江水暖鸭先知。蒌蒿满地芦芽短，正是河豚欲上时。"江南春来早，新鲜上市的蔬菜野菜品种实在丰富得很，蒌蒿即是其中之一。蒌蒿，如今人们大都称之为芦蒿，近水而生，南方水乡多见，与北方的大路菜茼蒿同属一科，是近亲。芦蒿主要食其茎秆，其上有细微的竹节，这是与茼蒿的区别。芦蒿入口有种特别的清香之气，青岛话称为"青秆子气"，近似于草坪修剪后留下的气息。其烹制喜油，宜猛火急炒，与腊肉同烹最合心意；用芦蒿炒香干条，下酒亦妙。

前几日，嘱咐家人炒盘芦蒿香干尝鲜，待端上桌来，竟然是道芦笋炒香干。错把芦笋当芦蒿，足见北方人对此物的陌生。此外，香干定要选白卤香干，酱色香干太过老气，与芦蒿的嫩绿，实在是门不当、户不对。

诚然，芦笋亦是春季应时蔬菜之一，且已证明有不错的抗癌和保健作用，二十世纪八九十年代曾风靡一时。岛城出品的白芦笋罐头远销东瀛诸地，广受追捧。芦笋长在地里未见光时，为白芦笋；破土见光后，则是绿芦笋。

二月莼初生，三月多嫩蕊。莼菜，状似小荷叶，展开似铜钱大小，叶上多黏液，至嫩而滑，李笠翁称之为"清虚妙物"。苏州太湖、杭州西湖皆出,上有天堂下有苏杭,其亦可谓为天堂佳馔。春天的莼菜最宜制汤,以鸡汤加春笋、金华火腿丝为羹,味极鲜。莼菜银鱼羹、莼菜炒虾仁,皆是应季不可错过的美食。《世说新语》中记载的"莼鲈之思"中,"鲈"是指江南名菜鲈鱼脍,"莼"则是令人垂涎的莼菜羹了。

立夏时节,江南素有食"三新"之风俗,沿袭至今。三新,即新上市之鲜物,又细分为地三鲜:苋菜、蚕豆、蒜苗;树三鲜:樱桃、梅子、香椿;水三鲜:鲥鱼、刀鱼、河豚。诸地间略有差别,大同小异。

前些年的春夏之交,我到访苏州吴中东山镇,在太湖之滨的一座农家山庄品尝了水乡古镇农家宴。餐厅是一座长廊形水榭,古色古香,房间一多半伸入浩渺太湖水中,推开两扇木格花窗,湖光帆影尽收眼底。农家大婶正蹲在院中手剥蚕豆,乃是自家后院所产,透着水灵新鲜劲儿。据说苏州人对于蚕豆有"初穗时,摘而剥之,小如薏苡,煮而食之,可忘肉味"之赞叹。当餐,太湖三白悉数到场,将白鱼清蒸,银鱼炒土鸡蛋,白虾活蹦乱跳,清水煮开即得。汤菜是一盆昂刺鱼莼菜汤,鲜美无敌,皆应季又应景。初次尝试的,正是刚刚剥出的那捧嫩绿的蚕豆,用葱油将蒜苗与蚕豆于大镬中同炒,立夏三新中独占两味,双鲜!食之清芬满口,芳留齿颊。

岛城四季分明,物阜民丰,我曾仿照江南立夏食三新之法,归纳提炼出岛城立夏之三新,即树之鲜樱桃、地之鲜蒜薹、海之鲜虾虎。

袅袅春风中,小院里一株百年雪松,婆娑巨伞被风吹得落下细细一层淡黄色的花粉——松花粉。一款久违的江南时令糕点松花团立马从记忆深处涌入脑海。

松花团，为江南一带名品，多取熟糯米粉为皮，趁热将芝麻白糖馅心包入、拍扁，再将团子在松花粉中打个滚儿即得。然并非所有松树的花粉皆可入馔，仅马尾松、油松之花粉可食用。松花团时令性强，上市期极短，故遇上一次犹如中彩票一般，走过路过，绝不可错过。

四

二十多年前的仲夏季节，我恰在上海郊外的奉贤区短暂求学。课堂上，沪籍老师不经意间讲了一句江南食谚："小暑黄鳝赛人参。"听罢，自此中蛊。

小暑之际，江南遍布的稻田水渠之中，黄鳝生长得正肥。水乡之人笃信此时食鳝最补，故沿袭成俗。其时，学校门外仍是一畦畦乡间水塘，田埂上开营的几家夫妻档农家乐专做在校学生的生意。其特点是食材鲜活，日食日清，尤以浓油赤酱之法烹调的烧鳝段留下舌尖上的甜美记忆。每食此肴，总得多添一碗白米饭。

徐志摩亦是黄鳝的忠实拥趸。诗人家乡是浙江海宁，据说其每次回乡，必食一道海宁名菜：虾爆鳝。名菜遇有名人力挺，火上加火。虾爆鳝烹制过程繁复，首先选料猪蹄、猪棒骨、老母鸡、金华火腿，熬上半天光景，得浓稠奶汤；将黄鳝去骨切段后，轻炸，合入奶汤烹调，末了加入鲜嫩的河虾仁出锅。江南河虾虽生的个头不大，但须是活虾，去头后，小心挤出完整虾肉，品相才算完美。如此讲究之食材搭配，其鲜美，想想都要流出涎水，也难怪徐志摩会百食不厌了。

北方人日常生活绝少食黄鳝，此中既有产地的原因，亦有心理上的障碍。未食过黄鳝之前，我多将其视为蛇类一族，惧而远之。食过其味后，始喜爱有加。我曾见过水乡人家捕捉黄鳝之法，用长长的L形竹筒篓，放入蚯蚓等饵料，置于田埂水边。黄鳝一旦贪食钻入，即如瓮中之鳖，再也别想出来，乖乖成为盘中之物。

南方诸地皆对食黄鳝情有独钟，亦钻研出不少传统经典名馔，如江南的蒜子烧鳝筒、宝应的长鱼面、岭南的啫啫黄鳝煲等。叫好又叫座的菜品，当属淮安软兜和响油鳝糊。

周总理的家乡江苏淮安，是淮扬菜的发源地之一，被称为当地第一名菜的，定是淮安软兜。这道享誉华夏的国宴名菜，选料考究，传承有序，其正宗之作只用当地所出产之"笔杆青"品种，精取黄鳝颈背之肉烹制，入口软绵、滑嫩，亦是食补之上选。据语言学家许嘉璐介绍，软兜之兜，绝非肚兜之说，兜，实乃"脰"之误写，脰是颈、脖子之意。许先生家乡亦是淮安。

条条黄鳝丝丝勒，莫为无鳞戒食鱼。江南的另一道黄鳝名肴，称作"响油鳝糊"，此地大凡酒楼名馆，莫不精于烹制此菜。

响油鳝糊最为应时之季正是小暑时令。将活鳝头部置于钉板之上，用竹篾薄刀沿三棱形鳝骨取下鳝肉，此手法俗称"两面三刀"。鳝鱼切丝滑油出锅后，复加入高汤和调料烹至收汁。装盘后，鳝糊上端放入姜丝，另置滚烫热油一碗，同时端上桌，当着食客面将热油浇在姜丝鳝糊之上，再撒入白胡椒粉即成。烹制此肴的关键环节在于走菜要快，否则，响油则名不副实了。而现今之餐馆酒肆大都省去了现场操作之章节，改在厨房成品。如此，少了主客间的当堂互动，端的是为了吃而吃，民间食趣亦减少了许多。

梁溪脆鳝是久负盛誉的无锡名菜。将油炸后的鳝条以糖醋法烹制，凉吃，故而称其"脆"。无锡菜向来重糖，此菜尤甜。

五

夏至日，鲁中朋友捎来几根莲藕，一瞧，竟是马踏湖的藕苗，细溜溜的，长相虽不起眼，却生得品质上乘。十几年前，我曾在淄博临淄的山中农家宴无意间邂逅过马踏湖莲藕。此藕雪白似玉，最宜生食，时头回遇到。店家像拍黄瓜一样将白藕轻拍，立刻碎成大小数块，装盘后，撒上少许白砂糖，端上桌来。白藕入口，脆生生，多汁，甘甜，无渣，绝无藕断丝连之状，令人拍案惊奇，叹为"佳藕天成"。

清代资深老饕李笠翁曾言："论蔬食之美者，曰清，曰洁，曰芳馥，曰松脆而已矣。"好像专门为马踏湖白莲藕下的定义一般。江南人将莲藕与菱角、荸荠、莼菜、慈姑、芡实、水芹、茭白统称为"水八仙"，钟爱有加。

二十七八年前，第一次去武汉出差，下了火车已错过晚饭饭点，同行的朋友邀请我们去她姑妈家，说是家中已煲好了莲藕排骨汤，要招待我们。当晚的确是饿了，我和同事放下矜持，热乎乎的连汤带肉一人干掉两碗，说实话，从未吃过如此美味的莲藕汤。武汉的莲藕不脆，发面，经文火煲炖个把小时，口感如同烧土豆芋头似的软糯。排骨更是炖得酥烂脱骨，同样好吃，也解馋。这顿意外的晚餐给我留下了经久难忘的舌尖记忆，此后再未遇到过超越那晚的莲藕排骨汤。这也是除却武大樱花之外，江城武汉留给我的另一个不小的念想。

《王祯农书》讲："莲，荷实也；藕，荷根也。"俗话说，女子不可三日无藕。藕生长于水塘之中，出淤泥而不染，性偏凉，故有滋阴活血之食效，适合女性。北方人食藕，多煲汤和拌食，尤偏爱炸藕盒，馅心以鲜肉糜和虾仁泥为主。江南人吃得讲究，将莲藕与莲子、荸荠、鸡头米、红菱等水生新鲜食材同炒，名曰"荷塘小炒"，好吃又应景。装盘时，采一张碧绿的鲜荷叶铺底，锦上添花，真是雅致到了极点！更多的水乡人家习惯做上一道糯米藕，焐熟，切片，凉食，临了再蘸上一点儿甜蜜的桂花酱，那叫一个美！

知堂老人在《藕的吃法》里写过藕脯，说把藕切成大小适宜的块，同红枣、白果煮熟，加入红糖，藕和汤都很好吃。我没见过，不过他提过的鲜藕粉，倒是昔年夏天和女儿在杭州西湖的湖心岛茶厅里吃过一回。女儿爱吃，我尝了尝，清芬、微甜，也好！杭州的国宴烹饪大师朋友顺便告诉了我一个秘密，他烹制的经典名菜西湖醋鱼广受嘉评，诀窍就是用西湖藕粉勾的芡汁，清香而明亮，是他的独门绝技。

藕有田藕和塘藕之分，江南水乡的藕大都是塘藕，以一节者为最佳，二节者次之，三节者最差。每至夏季来临，苏州人的餐桌上喜欢加一点儿生切藕片和荸荠、红菱等，既当小吃，又当水果，不时不食。莲藕又有七孔和九孔之别。七孔藕质糯，宜煲汤；九孔藕质脆，宜炒，宜拌，宜炸。如此看来，当年我在武汉吃的定是七孔藕煲排骨，若有机会再赴江城，必会当面验证一番。

由佳藕联想到佳偶。所谓佳偶,有夫妻恩爱甜美之意。苏州有座清代园林耦园,此中传有一段爱情佳话。耦,原指二人并耕,亦通"偶"。耦园的女主人是晚清才女严永华,她工诗能文,善书画丹青,嫁给清末安徽巡抚沈秉成后,夫妻二人过着隐居式的田园生活,感情甚笃。每至诗兴来时,夫妻你吟我和,尽享赏心之乐。二人共同设计改造旧园,并以"耦"字作为园名,园内有一副楹联,亦是严永华所撰并书写,联曰:耦园住佳偶,城曲筑诗城。

由一对佳偶而声闻天下的名园,非耦园莫属!

六

"只有芸知道",是一部电影的名字。电影里的女主人名字叫"芸",由这个字我想起了另一位素未谋面的女性:芸娘。

芸娘是清代乾嘉年间人,姓陈,她的丈夫沈复,字三白,是《浮生六记》的作者。夫妻二人,一位是寒士中的佼佼者,一位是娴雅女性中的典范。书中记录了他们的日常琐事、生活点滴,诸如吟诗、作画、郊游、野炊、聚友、烹调等,也是那个时代苏州市井风情的生动写照。美丽贤淑的女主人公芸娘,浪漫感性又沉静懂事,达到了真实、通透、慈悲的至高境界。难怪林语堂先生曾感叹:"沈三白的妻子芸娘,乃是人间最理想的女人,能娶到这样的女子为妻,真是三生有幸呢。"他还将芸娘与秋芙并誉为中国古代最可爱的两个女子。

《浮生六记》原为六卷本,今仅存四卷。我们可以从第二卷《闲情记趣》中领略一下芸娘的可爱:"夏月荷花初开时,晚含而晓放。芸用小纱囊撮茶叶少许，置花心，明早取出，烹天泉水泡之，香韵尤绝。"沈三白如此美滋滋地记道。

后来，苏州文人、品茶专家汪星伯也如法炮制。他在夏末秋初七夕节的前一晚，将碧螺春茶用桑皮纸分包成十余小包，置于拙政园莲池中盛开的荷花芯里。七夕日早起一一取出，在园内见山楼上为相约而至的姑苏文化名流冲饮。此茶两三泡之后，竟莲香沁人。时苏州老作家、苏派盆景大师周瘦鹃先生即兴赋诗道：

玉井初收梅雨水，洞庭新摘碧螺春。
昨宵曾就莲房宿，花露花香满一身。

是雅士，亦是雅事！

读书人知晓"芸"字，多因古代别称书斋为"芸窗"，芸，在此特指芸香。古人藏书为避免蠹虫之侵，书卷中多置以芸香驱虫，故名。

芸豆，则可食。在我国北方，芸豆是夏季的时令蔬菜之一。芸豆又称菜豆。岛城常见的品种，一种呈浅绿色，一拃长短，市场上最多见，就叫芸豆，别无他名；另一种白里泛淡青，稍粗壮，青岛人称之为"老来少"芸豆。

青岛人是喜欢并且重视芸豆的。本地人包包子、煎炉包，传统的馅料首选芸豆五花肉丁。芸豆切丁，与半肥半瘦的猪肉丁和馅，加少许生抽和调味料，出锅时香气四溢，食之口感也好；岛城夏日里的芸豆蛤蜊卤子汤面，最能体现渔岛风情，也应季。市井人家的家常菜芸豆烧土豆排骨、芸豆烧芋头五花肉，百吃不厌，老少咸宜。诸如此类，食材以"老来少"芸豆为佳选。

我的小院里,每年春天依惯例会种上三四排芸豆种子,长蔓后再用竹竿撑起,所结之豆荚即常见的浅绿色芸豆,特点是嫩、脆,近乎无筋,最宜炒食。芸豆切丝与肉丝同炒,或过油后酱爆、加豆豉干煸,皆美。芸豆中所含的皂苷等物质,能在一定程度上提高人体免疫能力,促进脂肪代谢。但烹调芸豆时,定要煮熟烧透,最好焯一遍滚水后再进行深加工,如若不然,会引发食物中毒,切不可掉以轻心。

十里不同风,百里不同俗。在南方,烹调芸豆多以其"豆"为主料,极少见用其豆荚作为包子、生煎之馅或汤面之卤的。芸豆荚中的豆,有白豆、花豆之别。黄明说,苏州人嗜甜,他们喜欢老芸豆,剥取其荚中的白豆,用糖水话梅煮熟后,凉食;亦可白煮后,再浇上蜂蜜或桂花酱。口感粉嘟嘟、甜蜜蜜,自然也是做点心的好豆沙。

岛城自然生长的芸豆,只收获一个夏季,叶蔓即告枯萎。闻听有些地方称其为"四季豆",不知是否真的能一年四季都结豆荚。

七

秋天是丰收的季节,市井人间,瓜果飘香,树之果、水之果、地之果,琳琅满目,争"鲜"恐后。经过一季炎热潮湿的"痒夏"之苦,人们渐渐食欲大振,此季食果,正逢其时。

前几日,餐桌上见过一道"荷塘清趣"冷盘,有些惊艳。其主料仅有两种,马踏湖白莲藕和新鲜莲子,皆生食,一白一绿,覆在一大捧碎冰之上,佐以几片嫩荷叶和两枝含苞粉莲点缀,极雅致。生食新鲜莲子,曾在苏州遇到过,岛城尚属头回尝鲜。嫩莲轻剥即开,脆生生,冰冰凉,清甜多汁,叹为果中尤物!当为这位有品位的雅厨点赞。

荷生莲蓬,蓬,是莲子的家,也称莲房。莲子可入馔,可煲汤甜食,如莲子银耳汤。莲子入馅,物尽其用,风味绝美。广东百年老字号"莲香楼"以"莲"为店名,亦是以莲子起家,闻名遐迩。莲香楼首创的莲蓉饼点馅料,引领一时之潮流,至今长盛不衰。老店的招牌白莲蓉月饼和莲蓉蛋黄月饼,是月饼界的常胜将军,也是我的心头好。闻莲香楼的莲子特选湘莲,个头大,质粉糯,清香馥郁,被誉为中国莲子中的头牌,与福建的建莲、浙江的宣莲,并称为"中国三大莲子"。

菱角,是江南"水八仙"家族成员之一。旧时,每至初秋时节,岛城市面上卖菱角的地方很多。此种菱角,个大、色乌,两只角上翘,两头尖锐,扎人很痛,产地不详。那时只晓得把菱角煮熟了空口吃,家境好一点儿的,可蘸着绵白糖吃。我从来都是懒得剥皮,直接带皮咬开吃,当作零食。

"我们俩划着船儿,采红菱呀采红菱",这首江苏民歌《采红菱》曲调委婉,传唱颇广。前些年,在苏州东山古镇,始见小巧俊俏的红菱,另有北地寡见的三角菱和四角菱。当地朋友说,菱角中,两角的称"菱",三角、四角的称"芰",民间统称为"菱芰"。

如今,每至此季,岛上餐馆中多会应景推出一款时令菜品:荷塘小炒。以菱角、莲藕、莲子、荸荠入菜,炒罢撒一小把碧绿的鲜豌豆增色，再采一张新鲜的荷叶铺在盘底装点，秀色可餐。美中不足是缺少一味原材料芡实。

秋季，江南的滋味甚多，如此美好的时节，鸡头米正当令。鸡头米就是芡实。

二十五六年前，第一次见识鸡头米，是在初秋的水乡古镇甪直。古镇老街上，石桥堍，三三两两地坐着一些当地老妪，跟前守着几个大木盆，木盆中黑乎乎的东西，我并不认得；她们用"铁指甲"剥出来一粒粒雪白圆润的颗粒，貌似珍珠，我也不认得。见旁边支一简陋的纸壳标牌，手写体直书：新鲜鸡头米，二十元一袋。目测一袋大约半斤的样子，售价不菲。那坨黑乎乎的东西，有些像大个的石榴，其蒂似鸡之尖嘴，整体看上去颇像鸡头，其籽即鸡头米。很形象！

鸡头米是水生植物，叶子似荷，茎生芒刺，夏天开紫花，初秋收获其实，采挖辛苦异常。鸡头米有五谷之甘，既是粮食，也是一味中药，为食补佳品。以姑苏城南黄天荡所产尤为闻名，称"南荡鸡头米"。鸡头米可以炒食，如荷塘小炒；可以煮汤甜食，如百合莲子鸡头米。鸡头米磨成粉可制成芡实糕，同里、周庄、震泽、甪直等水乡古镇多有售卖。资深老饕认为，鸡头米以食其本味为上选。

昔年，姑苏叶正亭曾传授我制作鸡头米的独门之法：烧一奶锅开水，取适量冰糖，化开后，从冷水中取出鸡头米入锅，待锅底有气泡冒出后，关火。并快速将奶锅降温，保持鸡头米的鲜嫩度。此时嚼食，米中当有浆汁咬出，称作"溏心鸡头米"。取一勺鲜制桂花酱放入，即一碗甜香扑鼻的桂花鸡头米，也好！

水八仙家族的荸荠、茭白、莼菜，亦应时，以前随笔中曾有涉猎，今不赘述。

八

农贸市场售卖菌子和蘑菇的摊位，通常紧挨着各色蔬菜，又自成体系，另立门户。野生菌菇的上市期是每年的七八月份，云南的某些地方，此季会应时举办野生菌文化节、美食节之类展会，大造声势。如今随着人工种植技术的推广，虽时值秋冬，菌菇类的品质也毫不逊色。

昔年的夏末秋初，曾在长白山深处食过野生松茸。松茸是当日新采，饱满、丰腴，透着一股大山里的野逸之气。雪白的松茸两三片，漂浮在汤盅里，入口，一种从未体验过的鲜劲儿慢慢地盈满舌尖、口腔。松茸的鲜法并非直接、猛然而是层次递进式地征服你的味蕾，让你吃一次回味半天，记一辈子。

某年夏天，友人自云南寄来一小盒野生鲜松茸，虽经保鲜处理，两三天抵青启封后，仍有些干涩。切大片，用炭火两面微烤，香气凛洌，口感可圈可点，然不及长白山新采松茸之二三。故在松茸产地所采之名贵菌菇定要趁早售出，过了赏味最佳时辰，顶级食材也要打折贱卖，逐天跌价。

黄耳，是菌子中名贵的品种之一，模样有点像银耳，却比银耳更紧实，色如桂花，鲜黄。黄耳宜水发后煲汤食之，入口有胶质感，有果香气，齿颊芬芳，价格亦不菲。

和黄耳同样名贵的菌子，小巧的羊肚菌绝对算一个，其属食用菌中的高端食材。羊肚菌形似小伞，棕色菌体，柄呈白色，外表的蜂窝状褶皱极似羊肚，故名。据说其在火烧后的林地里适宜生长。羊肚菌被称作"素中之荤"，可煲汤，可配炒素菜，亦有将虾茸塞入菌肚中煎而食之者，当属鲜上加鲜的功夫菜无疑。

"曲径通幽处，禅房花木深。"此诗描写的正是常熟虞山脚下的千年古刹兴福寺。兴福寺的僧人曾创研了一款素面，蕈油面，如今已是常熟市的非物质文化遗产，被誉为"素面之王"。蕈是野生菌的一种，产于虞山的这款被称为松树蕈，附生于松树根部，多长在春秋雨季，营养丰富，味极鲜腴。当然，一碗正宗蕈油面的价格也同样不菲。

一种叫虫草花的菌子，呈细条状，橘黄色，近些年频频出现在大众餐桌上，通常以配角形式出现，或点缀在冷盘上，或搭配在热炒中，又或为煲汤众配料之一，价廉。虫草花刚"出道"时，可不是这般光景，价格也曾高得离谱，只因沾上了"虫草"二字，名字起得好！追根溯源，它跟虫草没有半点关系，纯是一种人工培养的植物菌子罢了，大致与金针菇相仿佛。

听过一个故事。二十世纪七八十年代，西南某省组队参加一档全国烹饪大赛，在强手林立的各菜系高手决赛中，凭借一款"鱼虾满仓"创意菜获得大奖，扬眉吐气。时参赛评委对该菜中呈现的渔网状食材啧啧称奇，认为雕工细腻，惟妙惟肖，浑然天成。其实，此种食材被称为"竹荪"，是野生菌子的一种，通体白色，由菌盖、菌裙、菌柄和菌托组成。白色渔网状的菌裙系天然形态，并非人工雕琢，乃厨师的巧思妙用。那个年代物流信息不畅，新鲜野生竹荪并不为外人熟识，故留下笑谈。竹荪因其鲜，素有"竹鸡"之誉。

岛城市肆中所见之菌菇，有平菇、花菇、香菇、草菇、杏鲍菇、金针菇、鸡腿菇、蟹味菇、海鲜菇、金钱菇、白玉菇、姬松茸、牛肝菌、绣球菌、鸡枞菌、榛蘑、口蘑等，林林总总，令人眼花缭乱。早年间，口蘑最常见，多以罐头形式上市或出口，河北张家口是口蘑的集散地，故称"口蘑"。此种方法命名的食材还有山东的龙口粉丝，其产地原在招远，龙口是其集散地。

汪曾祺在云南生活七年，写过多篇有关野生菌子的散文。他尤爱吃一种叫干巴菌的东西，他说："菌子里味道最深刻（请恕我用了这样一个怪字眼），样子最难看的，是干巴菌。"与辣椒炒食后，他赞叹道："世界上还有这么好吃的东西？"

我第一次去云南时，首餐在昆明吃了菌子汤，十几种时鲜野生菌汇于一锅，菌汤入口，鲜出了新境界。当餐似乎食过鸡枞菌或是干巴菌之类，但皆未觉出有什么特别出彩之处，莫非是让一锅菌子汤先入为主，抢了风头？

爱屋及乌。若有机会再去彩云之南，干巴菌这堂美食必修课，总要补上。

九

友自潍坊来，带了两盒伴手礼，是闻名齐鲁的潍县萝卜。俗话说，烟台苹果莱阳梨，不如潍县的萝卜皮。潍县萝卜堪比果中佳品。

霜降立冬时节，以潍县萝卜为首的青萝卜大量上市，所谓不时不食。萝卜食法颇多，南北方食俗差异也大。北方人素爱生吃萝卜，潍县萝卜被奉为佳选，切条装盘，水灵灵，爽脆，清甜，通气，故有"赛人参"之誉。

艮瓜齑，是地道的青岛方言土语。艮，在本地土著的语境中，是"柔软而有韧性"之意。青岛话中，将说话软中带硬叫作"艮悠悠的"。瓜齑，则是称呼萝卜的土语，可能由食萝卜及其制品时发出的声音而来，应为象声词。齑，在古语中亦指咸菜。腌制艮瓜齑的原材料，是普通的青萝卜。

暮秋时节，天气转凉而阳光充足，是腌制艮瓜齑的大好时机。选细而长的青萝卜，洗净后，滚刀切成细长条，每条萝卜均带青皮。一层萝卜一层轻盐，码放于盆中。一天后，取出萝卜，在阳光下晾晒。

小时候，每至此季，我家四合院天井中的屋檐、水缸盖垫和大门两侧院墙的墙脊上，皆晒满了青萝卜条。待萝卜条晒至七八成干后，置于大陶瓷瓮中贮藏。需食时，洗净、阴干萝卜干后，撒上五香面或辣椒面即可。亦有洒少许椒油食者，皆美。嚼食艮瓜齑时，会发出嘎吱嘎吱的清脆声响，能激发人的食欲。其最宜在喝粥和吃馒头时佐食。在众多冬季腌菜中，首喜食之。

叶正亭曾给我寄来一小盒"金字用直萝卜"，萝卜外皮呈赭石色，干硬无比，切开，芯呈黑色，一块块似古墨之状。食之，有惊喜，口感既咸又甜，味极鲜，虽貌不出众，却是佐粥之无上良品。老店始于清道光年间，原为古镇张源丰酱园所创，久贮不坏。我在冰箱冷藏柜中放置两年，取出后照食不误，滋味依旧。

杭州萧山萝卜干、扬州三和四美酱萝卜头，是成品咸菜当中的佼佼者，味道不赖。

岭南人喜欢叹早茶。粤式早茶有一款经典小食，即萝卜糕。萝卜糕的原料是白萝卜，去皮切丝后，滗干水分；将广式腊肠丁和大蒜炒香，与萝卜丝一并放入米浆中，搅匀，摊平，蒸熟。切块入锅煎至两面金黄色，即可食，通常佐以甜辣酱蘸料。广州本地早茶店皆擅制作此糕点，味道几乎没有太差的。离开此地，则南橘北枳。

在羊城北京路广州大厦的自助早餐厅内，设置了一处食品现场加工的明档，每日供应两款炖烧类菜品，盛在两只加强版的大砂锅中，底下燃着炉火，咕噜咕噜冒出阵阵香气，其中一款便是白萝卜煲牛腩。白萝卜烧得火候老到，入口即化，鲜美无比，微甘。入行多年，从未这样喜欢过白萝卜；寻寻觅觅，也再未吃到过超越此家的白萝卜煲牛腩。

国内早茶自成饮食体系的，除岭南早茶之外，便是扬州早茶。我在扬州早茶店食过一款大汤圆，细瓷小碗，每碗仅盛一只，入嘴，竟是咸口；再一尝，馅儿是白萝卜丝的，大感意外。后来，在苏州，在杭州，皆遇到过类似情形。江南人在饮食上素来讲究食不厌精，脍不厌细，花样百出，没料想口味上也会如此纠结。明明江南人嗜甜，按理说汤圆应该是甜的，却偏偏弄成咸的。汤圆如此，粽子如此，月饼亦是如此。月饼嵌入肉馅，还能叫月饼？那不成了肉火烧了？你说怪不怪。

萝卜家族中，最招人喜欢的要数小红丁，红衣绿叶，颇能入画。其生食最宜。拍碎后，以糖醋汁合拌之，亦美。汪曾祺的一道烧小萝卜，曾让一位台湾女作家赞不绝口。小红丁在汪曾祺的家乡叫杨花萝卜，他做这道菜时杨花飞舞，正是小萝卜的上市期，嫩！且用干贝烧之，焉能不美，想想都要流涎水。

四川人及韩国人爱将萝卜腌成泡菜佐食，那又是另外一番景象了。

十

立冬一过，天气转凉，市井街面上各色腊味渐渐多了起来。一边是商场超市南货店里，南方的腊肉、腊肠、腊鸡、腊鸭占据抢眼位置；一边是农贸市场上各家自己腌渍风干的灌肠，迎风而挂，洋洋大观。皆各取所好，各美其美，上演着美食江湖一年一度的华山论剑。

北方的腊肠通常就叫香肠、风干肠，或直接叫灌肠，比如岛城。此地的另一样传统美食——卤鲜鲅鱼，按理说也应归于腊味之中，但岛城人却有着自己独特的称呼：甜晒鲅鱼。腊肠的叫法，多留给了南方。腊肠之腊，一是表明时序，一般进入腊月前后普遍始制始食，据说源于上古时期的"腊祭"，腊，其实是"猎"的意思；二是指腊味的成品有"蜡"的质感，以广东腊肠尤其明显。粤地腊肠之貌，纤细、瘦硬、红润，吃口甜鲜，皇上皇和广州酒家是老字号品牌中的佼佼者。岭南诸地日常饮食不可无此物，故广州一德路干货批发市场专门辟出一处销售腊味，各种品类的广东腊味和南北腊货应有尽有，价格也亲民。每年进入秋冬季节，岭南的粤菜馆照例会推出不同流派的腊味煲仔饭应市，沿为传统。

广州沙面岛上白天鹅宾馆对面有一粤菜餐厅"侨美食家"，在美食圈里颇有些知名度，其招牌菜品首推金牌红烧乳鸽，焦脆、细嫩、入味，甫一入嘴，鲜汁爆浆溢满口腔，瞬间有极度舒适之感。另外一样必吃的是腊味煲仔饭。煲至火候的腊肉、腊肠,油脂的鲜味完全浸入香米之中,互相成就,你中有我,我中有你。爱吃锅巴的,从煲中单挑几片,嘎嘣脆,香而鲜。秋冬季节若赴岭南,腊味煲仔饭不可错过。

在我看来,安徽、江西、湖南、四川、贵州等地的腊味,因多加了一道烟熏的工序,故与广东腊味和而不同。

二十年多前,我独自背着行囊,在徽州黟县宏村和西递小住过几日,房东每天必备的一道菜就是炒腊肉。腊肉是烟熏过的,味道鲜咸而有嚼劲,有时单蒸腊肉,油汪汪的一盘;有时配上一把蒜苗同炒,眼前盘中即呈现三色:菜的青绿、瘦肉的乌红、肥肉的晶白,仅此一菜便可连下两三碗白米饭,吃得风卷残云。放下碗,那种满足,似乎是从心底能笑出声来。

几年前的一个初冬,自湖南凤凰古城过路贵州镇远县青溪镇,在镇上一处山家的百年木制老屋中,偶遇了当地人制作的贵式腊味。老屋的中心是一大盆炭火,炭火正上方架有一片竹篾平台,上面摊铺开一方一方的豆腐块,腊豆腐!我还是初次遇见。将此物切条与腊肉合炒于铁锅中,下支炭火加热,寒夜吃酒时可保持热度,柔韧上口,百嚼不厌,是下酒的妙配。腊豆腐的上方,是吊熏的各种腊肉、腊肠、火腿,每日不停地烟熏火燎,腊味通体早已是乌漆麻黑,然其味腴,奇香扑鼻。

"君到姑苏见,人家尽枕河。"富庶的江南地区也有腊味,称"腌腊",似乎另立门户,与别处风味皆不相同。除腌腊肉、腊肠外,南京板鸭、虾子鲞鱼、金华火腿等,亦皆属此类。其中以金华火腿最为闻名遐迩。

金华火腿，是将猪腿渍以酱油，熬于火而制成，上品称"茶腿"，久贮称"陈腿"，尤以蒋氏所制为珍，称"南腿"。苏州百年老字号松鹤楼有一道传世佳肴，称为"蜜汁火方"，火方即取自金华火腿之肉方，是一等一的功夫菜。其外，清蒸鲥鱼、白鱼等高档菜品，金华火腿片亦是不可或缺的增味提鲜之辅料。

中国版图之大，各地腊味不可一一尽述，有心人若收集出版一部《中国腊味大全》，对"吃货"们乃至整个美食界来说，当是一件功德无量的善举。

碧螺春　酒酿饼

没有一杯碧螺春的春天是不完整的。

每年的春分前后,总有一段日子过得有些心不在焉,有意无意中,心思总往苏州吴中东山的那些茶山上飘,不错,我想念洞庭碧螺春了!

前几天,黄明来信说:"今年雨水多,茶叶下得晚,耽搁了几天,寄一点儿去,你尝尝鲜吧。"

四时有序,世间万物都有自己精准的节奏。立春之后,太湖洞庭东西山的山间,穿插在枇杷、杨梅、桃李树下的一棵棵茶树微微苏醒。几场零星的春雨过后,约在惊蛰时分,悄悄窜出细细的嫩芽。再等上几日,春分前后,即是碧螺春采摘的最佳时机。此时的碧螺春茶嫩芽耸立,奇香扑鼻,素有"吓煞人香"之旧名。

来到东山紫金庵旁边的碧螺春茶文化博物馆,始知此茶在唐代即被列入贡品,古有"功夫茶""新血茶"之誉。清代康熙帝视察江南品尝过后,亦曾大加赞赏,但觉"吓煞人香"其名不雅,遂御题茶名"碧螺春",沿用至今,此茶也成为历代清廷御用贡茶。

明代张大复在《梅花草堂笔记》中讲:"茶性必发于水,

八分之茶,遇之十分水,茶亦十分矣;八分之水,试之十分茶,茶只八分耳。"冲泡碧螺春茶,以山泉水为最佳,方法与其他品类之茶亦有不同。先在玻璃杯中倒满八十五摄氏度左右的山泉水,将一小撮碧螺春茶投入其中,看茶尖在水中徐徐舒展,茸毛纷飞,如"满城风絮",此为一赏。滤净水,重新倒入泉水,但见杯中茶尖如旗枪般根根挺立,似"万笏朝天",此为又赏。饮此茶,赏心悦目也。

"从来隽物有嘉名,物以名传愈自珍。梅盛每称香雪海,茶尖争说碧螺春。"碧螺春茶,雅其名,准其形,合其时。"碧"指茶之色,通体碧绿;"螺"指茶之形,卷曲似佛祖螺髻;"春"指采茶之时,初春是也。其条形紧结,白毫满附,嫩绿清香,无愧茶中尤物。采摘碧螺春茶要与时间赛跑,以清明前为佳,即明前茶。据说约要六万八千棵茶尖,方能炒制出五百克成品碧螺春茶,因而十分珍稀。过了谷雨采摘的茶,因茶叶生长迅速,只能称作"炒青"了,品质亦不可与明前茶同日而语。

在江南,茶与茶点是孪生姊妹。

苏式糕点小食的上市期,也有其独特而准确的鼓点。通常约定俗成的时序为:春饼、夏糕、秋酥、冬糖。

从前江南的大户人家,于宅院中植树颇有讲究,"玉堂富贵"是典型代表,对应的树木分别是:玉兰、海棠、牡丹和桂花。

立春过后,江南的白玉兰抢先绽放报春了。辛夷稍晚些。玉兰有叶时无花,着花时无叶,一树万蕊,笔直向天,花开时清香馥郁,花落时零落如雨。旧时,姑苏人家闺中之女,多在此季于庭院中拾取花瓣,以粉面、蔗糖和之,入油锅,煎而食之，称作"玉兰饼"，是颇为流行的闺阁时令茶点。

我最钟爱的一款茶点，是苏州春天上市的小家碧玉般的酒酿饼。

夏曾传在《随园食单补证·点心单》中记载："吴人以酒娘发面成饼，煤之。"酒酿饼有溲糖、包馅和荤素之分，多选玫瑰、豆沙、薄荷入馅，以现做热吃为上佳。玫瑰花馅酒酿饼味道尤美，玫香、甜软、肥腴、油润，兼有米酒的清香，引人食欲大振，过"嘴"难忘。因嗜此小食，回岛城复制后，其味亦八九不离十。其做法是将面粉、酵母和甜酒酿合成面团，取新鲜玫瑰酱和蔗糖调成馅心，包裹成圆形小饼，置于电饼铛中烙熟即可。核心环节是馅心中定要嵌入一小块糖猪油，方才正宗味浓。酒酿饼在苏州为仅见，观前街上的百年老店采芝斋有应时外卖，上市期极短。

由此来说，没有食过酒酿饼的春天也是不完整的。

青岛人的虾虎季

靠海吃海,一方水土养一方人。

青岛人的餐桌上,全年算下来,海鲜要以数十种计。但总有那么几样特别的地产小海鲜深受岛城土著钟爱,逢时令必会抢先尝鲜,并沿袭成民俗传统,如红岛蛤蜊,如沙子口蛎虾,如八带蛸,如虾虎。

虾虎学名虾蛄,在岛城的另一种称呼为"琵琶虾",颇形象。北京人多称其为"虾耙子";而广东人的称呼比较另类,唤作"濑尿虾",单听名字,的确有点倒胃口。二十一世纪初年,曾到访温州雁荡山,好客的主人招待我们吃皮皮虾。上桌一瞧,原来就是虾虎,此地售价高达百元一斤,时岛城仅需十元左右。

不时不食。每年阳历的四五月间,是岛城虾虎的产卵期。此季,母虾虎体内虾子饱满结实,其颈部有三道明显的白杠,区别于公虾虎。公虾虎同样健硕,用手轻捏,肉质紧而硬,少有空壳者。质优且应季的虾虎,外壳青,有光泽,人们总会趁着它最肥美之时吃上几回,满足一下口腹之欲。虾虎不像蛤蜊,四季皆丰产,一旦错过最佳食用季,一年的海味品鉴之路将会留有空白和遗憾。

我的老家湖岛村毗邻胶州湾，原先村西头的大片滩涂上，即盛产此物。昔年村民们把下海挖蛤蜊、打海蛎子、钓虾虎等称作"赶小海儿"。青岛地区曾有民谚曰："湖岛子村，靠海沿儿，家家有个四鼻子罐儿。"这个四鼻子罐即赶小海的主要盛器。青岛本地人食虾虎最喜清蒸或白灼，用各自的绝招，手剥而食之。吃虾虎不宜蜻蜓点水式浅尝辄止，正确的方法是一次吃个够。如此反复两三回，方对得起这个美好季节中大海的无私馈赠。

2020年春天，在家憋得久了，忽然起了虾虎之思。抽空快速逛了趟农贸市场，询价得知，养在海水缸中的虾虎竟要六十五元一斤，单个挑选的已达百元之巨。昔日上不了大席的小海鲜摇身一变，身价竟高过了谷雨前的头茬春鲅鱼，实在是令人看不懂，也吃不起了。

依我之食经，海鲜市场养在水缸中的虾虎，不是万不得已，绝不是食之佳选。一来时间长了，虾虎必会养瘦；二来虾虎的本味之鲜早已荡然无存！我喜欢在农贸市场的外围选购，专挑零星的地摊散货，一小撮虾虎被随意堆在那里，公的母的、长的幼的、活蹦乱跳的、离水刚刚牺牲的，各掺近半，起价不过四十元一斤左右。赶在好的时间节点上，余货不多时，二十五元亦能抄底，最是划算，且能大快朵颐。于此种地摊所购的虾虎，不似泡洗过那般光鲜，略有些灰头土脸，清洗后水稍变浑，却正是其可取之处。新鲜的虾虎白灼后有些许鲜汁渗出，黏在虾虎外壳上，呈浅绿色蛋白状，食之有一股甜鲜味；虾虎肉亦是如此，绝非鱼市下水缸中的活养虾虎可媲美。

此种小地摊一般兼会卖点墨鱼豆、八带蛸、海钓小杂鱼之类的时令小海鲜，数量皆不多，大小规格亦参差不齐，多为当天"赶小海儿"的渔获，日售日清。有经验的本地饕餮客最擅长选而食之。

美味和季节皆不可辜负。虾虎亦有过油后用椒盐炒食者，又是另一番风味，粤菜多用之。此外，虾虎剥肉后，和入所蒸原汁调馅，可包成饺子或锅贴，鲜美无敌，如今当属市井轻奢了。

苏式滋味

从前有种说法,北方人和南方人不易交上朋友,原因大概只有一个:南方人精明。我倒是真交了不少南方的朋友,人家待人接物实在起来绝不输北方人,更多了一份温婉、细腻。由此可见,交朋友贵在将心比心,与地域南北无涉。

在北方,如果有人说他今天吃了白菜馅的馒头,人们肯定以为他脑子进了水。在苏州却不然。当地的朋友知道我偏爱走街串巷体验特色小食,某次邀我,说去吃紧酵馒头。路上我暗自嘀咕,馒头是北方地区的强项,大老远地跑苏州来吃顿馒头?待打了照面才知,两回事!苏州的馒头竟然有馅且细分成肉馒头、菜馒头、豆沙馒头、生煎馒头、紧酵馒头等等。若按北方通常的叫法,对应的大约是烫面肉包、烫面素包、豆沙包、炉包、炸包子等。故而,白菜馅的馒头,苏州真的有。

按理说,有馅的该叫包子之类才对,老苏州人可不管,就叫馒头。听说无锡、上海也这么叫。

紧酵馒头的皮面薄如纸,不发酵或轻发酵,肉馅切得细腻。将其蒸至快熟时,冷却,皮面立呈扇瘪状,再入热锅中,油氽至金黄,皮面即膨起来。轻咬一口,肉汁滋滋流出,外脆里嫩，好吃！这是苏州人的传统小食点心，多在冬令时节应市，人皆爱之。

饮食紧跟时令节气的脚步，称作不时不食，苏州人尤为注重这点。

由紧酵馒头，我联想到老苏州一年四季要吃的四块肉，由此便可知枕河人家市井生活中的执着和讲究了。这是姑苏美食作家叶正亭总结出的饮食心得，具体来说，即春之酱汁肉，夏之荷叶粉蒸肉，秋之扣肉，冬之酱方。

我见识过一次传统酱汁肉。

每年开春后，大约三月初的样子，乍暖还寒，经过一个冬季，人们禁锢已久的食欲终于大开。以肉食制作为主打的苏州百年老店"陆稿荐"，此时准会应时拉出一条醒目横幅，上书"一年一度酱汁肉三月××日隆重上市"招徕顾客，沿袭成俗。酱汁肉多选用猪肋条，每块两寸见方，加入红曲米酱烧，肉质酥烂，色泽红润而有光泽，重糖。那日碰巧路过临顿路陆稿荐总店，跟在排队挨号的队伍后边看了一阵子光景。此时令，人们尚未脱去冬衣，拿着各色饭盒，耐心等待着属于自己的那几块红通通的大块酱汁肉。向柜台内瞥了一两眼，口水跟着就要流下来了。感叹苏州人会吃，也真羡慕他们有口福。

姑苏城中的吃食实在多不胜举，而我始终对一种小食耿耿于心，炒肉团。此去经年间，曾十余次与之擦肩而过，真是"口不能至，胃向往之"，皆因其上市期短、季节性太强。

炒肉团，是苏州人夏天最值得期待的美味。团子的肉馅是炒熟后包入的，馅心一般有猪肉糜、春笋、木耳和金针菜等，切碎，煸炒。团子是现蒸现卖的，独特之处是，蒸好后要在团子留出的开口处,点缀上两颗鲜美的太湖虾仁,好看亦好吃;最精彩的是,售卖之时要用勺子往团子里现灌汤,汤且要宽,温食。此小食最宜即买即吃,堂食最佳。时间久了,汤汁渗进了肉馅,口感则大打折扣。

据说,苏州老字号"黄天源"和"明月楼"出品的炒肉团,人气最旺。

馋,乃人之本性。过去有人说,真正的馋人绝不懒,正所谓"为了一张嘴,跑断两条腿"。如今信息时代,情形大变,馋了,甭管天南地北的珍馐美味,无须自个儿跑腿,一样可以随时满足口腹之欲了。

陆文夫的小说《美食家》中的主人公朱自冶馋得讲究,每天清晨要赶去朱鸿兴吃上一碗头汤面。熟卤肉,要吃陆稿荐的;糕团,要选黄天源的;臭豆腐,要去玄妙观吃;喝茶,要取天落水,用瓦罐煮,烧松枝,泡在宜兴紫砂壶中。真是拿捏到了极致!

馋人之馋,当伴随一生。少时因为囊中羞涩,我常趴在百货大楼的食品柜台上,眼睛死盯着一玻璃罐的彩色糖豆,尽管一分钱数粒,多也买不起。为了解馋,捡废铜烂铁牙膏皮,捡猪骨牛骨破纸盒,甚至推大车拉沿儿,都玩着干过。得了几分几毛小钱,立马交给售货员阿姨,换得几颗糖、一块冰糕或是一瓶汽水,馋得勤快。

也是因为馋,参加工作时,毫不犹豫地选择和饮食打交道。转眼三十多年过去了,如今要讲馋些啥,还真得仔细寻思一番。

老话说,人吃饱了蜜不甜。有些道理。

前几日,肠胃出了毛病,遵医嘱,饮食宜流食、半流食,宜清淡。半月余不知肉味，口中淡出了鸟来。一日居家看电视，《老广的味道》中正在介绍广州烧鹅，时值饭点儿，我眼前仅一盘素炒广东菜心。望着人家油汪汪的大块烧鹅入嘴，我下意识地干咽了下口水，夹了一口青菜。可望而不可即的馋，最是要命。

　　环顾周遭朋友圈，馋者大有人在，如今无所顾忌，皆自称"吃货"。馋本无罪，反倒是胃口好、热爱生活的体现。驱车几十公里跑去莱州湾的山村，只为赶上品尝一口桃花时节的桃花虾；"打飞的"几百公里奔赴江苏扬中，为的是"蒌蒿满地芦芽短"之时，吃一回河豚盛宴。"吃货"们的内心世界，非此道中人难以捉摸、体味。就连我们一队登山的同学好友，隔些日子亦会寻到崂山北九水的山里人家，为的是一锅念念不忘的大镬烧土鸡。那山、那水、那食材、那厨艺，独在那个特定的时间、环境下，才能让人生成一种起馋的执念。离开此地，即便买了当地的原材料回家自行烹制，口感亦如南橘北枳。食物中暗藏的味道密码，就是这么神奇。

　　嘴馋者，即"吃货"，这搁在从前，可是难听、损人的孬话。时代变了，锲而不舍的"吃货"，一不留神亦可成名成家——美食家。

闲话芫荽

春雨惊春清谷天,农历二十四节气中,立春拔得头筹,在冬日未尽之时,报来初春的讯息。

杜甫在《立春》诗中,有"春日春盘细生菜,忽忆两京梅发时"之咏。春盘,内盛"五辛"之菜,此为古人祭拜春神之物,亦是馈赠亲友和百姓可食之蔬。五辛菜,李时珍在《本草纲目》中有一说,指葱、蒜、韭、蓼蒿和芥,道家五荤是韭、薤、蒜、芸薹、芫荽,皆为应时应季的香辛之物。古人相信,人们食用立春前后新生的蔬菜,可调理身体五脏六腑,吐故纳新,为接下来的一年积蓄生命能量。

花开数朵,单说芫荽。

芫荽,又称"胡荽",如今通常被人们称作香菜。我爷爷那老一辈青岛人,多称之为芫荽。二十世纪八十年代中后期,开放台胞回乡探亲后,胶东籍的老台胞们纷纷乘包机返青,在青岛的饭店请客吃饭时,嘱咐最多的一句话便是"别放芫荽"。时诸多年长于我的同事不知所云,我至方解围,记忆犹新。据说香菜原产于欧洲地中海地区,张骞出使西域将其带回中国,广泛种植。

对待香菜,向来两个阵营泾渭分明,爱的人爱得要命,恨的人恨得要死。听说国外亦成立了一个"世界反香菜联盟"，在世界范围内向香菜宣战，拒食香菜；还有机构将其评为全球第三难吃的蔬菜。无辜的香菜这又是招惹了谁？

我喜欢香菜，一碗热腾腾的羊杂汤中、岛城的拌冻菜凉粉中、一道鲜靓的鲅鱼丸子中，若没有了香菜参与提味，味道简直不可想象，难称完美。奇怪的是，我的父亲和女儿却是坚定的反香菜一族，家中餐桌上常年拒绝此物，看来此即传说中的隔代遗传。

不食香菜是人的基因在作祟，属于天生，亦不会轻易改变。有一种却是后天变化的。

某次与一位新结识的朋友聚餐，见他餐前小声叮嘱服务员说，别放香菜。原来他年轻时曾得过一次严重的口腔溃疡，遍访中西医皆难去病根。后得一民间老妪的偏方，几服药服下去竟然痊愈，前提条件却是一辈子不能碰香菜。

如此看来，香菜的罪过不小。

据科学家研究发现，亚洲人拒食香菜的比例最高，可达21%，也就是说每五个人当中，即有一位不吃香菜。细忖之下，数量着实惊人。

不食香菜的人对其味道的深恶痛绝，从女儿的表情中可窥一斑。不幸的是，这类人群的嗅觉多异常发达，故烦恼也如影相随，往往吃香菜的人还未觉得怎样，他们已气得把筷子狠狠地拍到了桌上，高声质问：谁放了香菜？那架势，恨不得当场把桌子掀翻。

清代美食家袁枚将日常所食所闻整理成一册《随园食单》传世，成为近现代饮食界的武林秘籍。整整一部食单，无远弗届，涉猎广深，然无一处提及香菜，尤其在香菜应该出现的场合，亦无只字片语，且多以葱、蒜、椒、香蕈等替代，我推测，袁子才不食香菜！此应算是我的饮食科研成果了。

现代的另一位美食大家梁实秋则嗜香菜，他在《雅舍谈吃》中回忆道，居北平时爱吃爆肚儿，爆肚儿有三种做法，盐爆、油爆、汤爆。盐爆肚儿不勾芡粉，只加一些芫荽梗、葱花，清清爽爽。在《白肉》一篇中又讲，吃白肉下饭，须佐一碟芫荽末，等等。

有人戏言，若用一道菜来区分，那么世界上只有两种人：吃香菜的和不吃香菜的。

夏至话吃面

冬至饺子夏至面。依俗,夏至时节当食面。这里的面,指面条。

华夏大地弗论东西南北中,无处不喜吃面,夏至时令,正值新麦上市,食面,有尝新、庆丰收之意。按传统,国内素有"十大名面"之说,风靡美食江湖。

依我之食经,最讲究的面,当出自江南。苏州人嗜面成瘾,食面成俗,市肆中各色面馆出奇争鲜,也不乏各色百年老字号。市井百姓以一碗面解决一餐两餐甚至三餐者,俯首可见。

老苏州人的早晨是从一碗面开始的,苏式汤面自成饮食体系,已深入苏州人的骨髓之中,它不仅是一种寻常食物,更体现了苏州人的一种生活习惯。陆文夫笔下《美食家》中的主人公朱自治,为了一碗心心念念的朱鸿兴头汤面,每天不惜起大早,凌晨四五点钟即出门,日久天长,风雨无阻。去得晚了,千碗面一锅汤,面汤则失之清爽。吃了那样的面,朱自治会一整天打不起精神来。这是从前老苏州人的饮食讲究。

不时不食,体现在苏州的四季汤面中。

单说面汤,即有"冷天食红汤,热天食白汤"之习俗。苏州人吃面喜用大海碗,讲究碗烫、汤烫、面烫。人们普遍钟爱的,首推焖肉面和爆鱼面。苏州人称面中之肴为"浇头"。焖肉面的浇头,是一大厚片白卤的五花肉,酥烂肥润,亲民又实惠。浇头可放置面中,亦可另置一碟,称作"过桥"。在苏州的面馆吃面,少放汤称"紧汤",多放汤称"宽汤";多放香葱称"重青",不放香葱称"免青";选两种浇头,称"双浇";等等。自来颇多门道。而爆鱼面的浇头,是卤炸过的大块青鱼肉。苏州人对产自太湖中的青鱼向来推崇,苏菜中有道传统名肴"红烧划水",即特指青鱼的鱼尾,以浓油赤酱之法烹调,是地道的江南本土滋味。苏式五香熏鱼的原材料,也多取淡水青鱼。

以苏州百年老店"观振兴"为例,其夏季推出的时令汤面有炒三鲜汤面、响油鳝糊面、清熘虾仁面、清炒腰花面、红烧牛肉面、爆鱼面、苏式焖肉面和苏式爆鳝面等,品种有三四十款之多。苏式汤面的灵魂是汤,有红汤、白汤之别。红汤选用野生青鱼骨鳞、青壳螺蛳、黄鳝骨、太湖猪筒骨等,加入二三十种中药材熬制而成。面汤中注入上等的酿造酱油,入口滋味丰富,鲜美无比。苏式汤面之"面"压得紧实,有韧劲。捞面入碗,面半露汤中,似梳子理过,排列齐整,雅称"鲫鱼背"。

夏至前后的梅雨季节,苏州人依俗要吃"三虾面"。"三虾"是面的浇头,指虾仁、虾子和虾脑。此时节,太湖虾最为肥腴,显著的标志是头中有脑,腹中带子。《太湖备考》有云:"白虾以色白而壳软薄,梅雨后有子有膏更美。"

"同得兴"面馆号称苏州最地道的面馆,其出品的三虾面广受好评。面端上桌，三虾浇头"过桥"，服务人员为顾客一对一服务，快速将面和浇头拌匀。入口有虾子沙沙的质感，味极鲜，价亦不菲，乃江南一带饕餮客们每年一度的味蕾盛宴。其外，杭椒肥肠、五香小肉、罗汉净素等浇头，味道可圈可点；一碗物美价廉的开洋葱油拌面，竟是意料之外的好吃，夏令食之尤美。

炎夏时节，天气闷热，苏州"松鹤楼"、胥城大厦和昆山"奥灶面馆"的卤鸭面开始上市，此为夏季应时的白汤面。可别小瞧了这碗白汤，这是与红汤异曲同工调出的原味荤汤，口味上层次感十足，配上软烂可口的卤鸭浇头，是打耳光也不放手的时令享受。

在镇江，在扬州，在苏州，尝试了不同版本的葱油拌面，皆美。黄明告诉我，葱油拌面亦是苏州人夏季日常的家常小食，制作并不复杂。将面条煮熟后，拔凉，入大碗；小葱切段入油锅，逼出葱香气，将葱油滤出后，加入生抽、老抽、白糖调匀的料汁，烧开，倒入面碗中拌匀即成。面中可添些炸好的金黄色香葱，亦可添点过油后的海米，苏州人称"开洋"，即开洋葱油拌面。高配的，还可添炒虾仁、炒鳝丝、炒蕈子等，是无敌的夏令美食。

江南水乡四季分明，物阜民丰，名面之多似"乱花渐欲迷人眼"。镇江锅盖面、上海阳春面、常熟蕈油面、扬州鳝丝面、无锡老式面等，皆令饕餮客们接踵而来。而贵州的肠旺面、岭南的云吞面、四川的担担面、湖北的热干面、山西的刀削面、陕西的臊子面和兰州牛肉面等，亦是各领风骚，各"圈"其"粉"。

那天清早，车出泰州，过长江，直奔镇江西津渡锅盖面品鉴馆而去。大清早的享受一下苏式生活中一碗面,一直以来是我一个不小的念想。面馆既然叫品鉴馆,出品自然不俗。古色古香的店堂内,几近座无虚席。店堂右侧,一口十印大铁锅内白气翻腾,杉木小锅盖随沸水的冲顶上下起伏、游走,一位中年师傅右手拿一双长筷,左手握一只竹篦斗笠状漏勺(雅称"观音斗"),不停地投面、抄面,动作颇有节奏感,此即闻名遐迩的镇江锅盖面。

锅盖面原称"伙面",其制作工艺流程风格独具。和面时,面粉中加碱加盐,可去酸提香,增加爽滑度,此为其一。用特制的毛竹杠,一头固定在墙洞里,擀面人坐竹杠另一头,将面团置于竹杠下方反复跳压、折叠,增其柔韧性(与广东竹升面相仿),此为其二。面锅里面煮锅盖,先烫浇头再烫筷,此为其三,亦最具观赏性。大面锅中置一小锅盖,锅内四周透气且开水不外溢,煮熟的面条尤为筋道有弹性,此法独步一时。食锅盖面亦有"五烫"之说,即碗烫、汤烫、面烫、浇头烫、筷子烫。浇头则以黄鳝、腰片、肉丝、虾仁、干丝、香干等居多。

岛城百姓食面与江南地区不同,多在家中料理,绝少下面馆堂食,尤其早餐时段。青岛地区的面,多为"打卤面",二十世纪七八十年代以中山路谷香村饭店的大排面和火车站饭店的肉末面远近闻名,红极一时。市民居家则多见有爆锅面、西红柿鸡蛋面、茄丁面、炸酱面等,而独以蛤蜊芸豆打卤面最显岛城地方风情。夏至时节,蛤蜊、芸豆皆正当令,不时不食。

外来之朝鲜冷面,以荞麦面为佳,岛城韩国料理店中亦多见,夏令时节食之,恰逢其时。

糖水与冷食

糖水并不是北方地区的叫法，初识此种风味吃食，是在二十年前的岭南广州。食在广州，由来已久，也的确名副其实。

在我看来，羊城一年中似乎仅有两个季节，此地春夏秋三季气候无明显区别，皆如同夏季，燠热潮湿，气温偏高，持续期长。故频繁往来中，入乡随俗，自然而然养成了食糖水的习惯。

我在广州的住地多数选在北京路的北头，出门不远即繁华热闹的北京路步行街。离住地仅百米远的骑楼建筑群里，有一家老字号西餐厅，名太平馆，据说始于1885年。二十世纪二十年代周总理夫妇新婚时曾在此宴客，知名度颇高。此店出品的杨枝甘露深得我心，每至广州，必来太平馆一饱口福，留下一段舌尖上的甜蜜回忆。

杨枝甘露，为岭南地区糖水名品。单听这名字，即心生无限向往。据说观音菩萨手中净瓶里盛的水，即为此名。杨枝甘露的糖水，择选新鲜熟透的芒果，和入冰糖和三花淡奶打成稠糊状，盛入阔口水晶杯中，取晶莹剔透的泰国西米、西柚粒、红柚粒和芒果粒撒入，即得。此款糖水卖相极佳，果香、奶香、米香交织纠缠，甜蜜中透着万种风情，一朝尝试，保准爱不释"口"。其最宜凉食，为夏日解暑之无上妙品。

出太平馆，紧邻的隔壁，乃是一家闻名岭南的糖水老字号：仁信双皮奶。双皮奶的发源地，原在广东佛山的顺德大良。双皮奶的制作，多选取当地水牛奶，倒入碗中形成一层奶皮后，将奶倒出，再把奶蛋混合液二次倒入碗中奶皮之下，加热凝固后，形成双皮的水牛奶，略似蒸熟的嫩鸡蛋糕，冷藏后食用，最显风味。双皮奶是老广们舌尖上的乡愁味道，人皆爱之，如今仁信双皮奶连锁店广布岭南。

和双皮奶为近亲的糖水是另一款甜品：姜汁撞奶。

十多年前的一个夏天，从广州黄埔军校参观归来，顺道寻访了邻近的黄埔古港。古港偏安一隅，约始于清康熙年间，现存古码头、古祠堂、石牌坊等旧迹。我去那会儿，黄埔古港还基本保持着原始的状态，并未过度开发。靠近古港的石基村亦是一座古村落，在村头的大榕树底下，有一家装修简朴但人气超旺的糖水店，名"奶婆姜撞奶"，是游客和当地市民必到的老字号。奶婆，是对店主的昵称；姜撞奶，则是岭南地区独有的传统特色甜品。这里的奶也是水牛奶，以牛初乳为上选，再用姜汁撞奶，凝冻后食用，颇有些技术含量。该款糖水入口如丝绸般嫩滑，有浓烈的姜汁味道和奶香气，甜中微辣，深受老广们的喜爱，被称为当地十大小吃之一。

在广州的街头食肆，最常见且大众化的糖水，是绿豆沙和红豆沙。绿豆和红豆熬至出沙后，做成冰冰凉凉的冷食，食之惬意。有的店家另加入新会陈皮丝熬制，沙沙甜甜之外，别有一股柑香气，亦美！

我刚参加工作那会,被称作"世界四大饮料"的是可可、咖啡、茶和啤酒。不知从何时开始,啤酒悄然被可乐替代了。

可乐,是外国人的叫法,音译而来。我们过去都叫汽水,有气泡的水。青岛自民国时期即生产汽水,因有崂山矿泉水的加持,品质不俗。中华人民共和国成立后,崂山可乐闻名大江南北,一度跻身全国八大可乐之首,那是国营青岛汽水厂的高光时刻。

二十世纪七十年代,我上小学,玻璃瓶装的崂山汽水售价一毛钱一瓶,一年下来也仅能喝上两三回,手头没闲钱!每年开春后,最盼望清明节去革命烈士陵园扫墓。扫墓结束,常规活动是去中山公园或八大关踏青春游,这才有机会喝上一瓶崂山汽水。那甜中带有中药配方的独特滋味,牢牢扎根在童年的味蕾和记忆中,成为一个不小的念想。

我嗜好甜食。如今周末常去超市购买冰激凌,其品种之多,令人眼花缭乱,难以取舍。旧时的暑期,冰糕是城市孩子们的最爱,那时市面上大约只有三个品种,也代表三种档次。普通冰糕三分钱一支,估计原料是糖水或糖精水,吃时挺舒服,食后口更渴。花生冰糕售价四分钱,冰糕入口,会尝到细细颗粒状的花生碎,既香又甜,深得我心,但吃冰糕时并不舍得咬食,多半含在嘴里吮吸,金贵得很。五分钱一支的是雪糕,其中加入了牛奶或奶粉,雪白色,奶味足,是冰糕中的高端产品,也叫奶油雪糕,并不经常吃。后来跟母亲上街里开会,见识过更高级的奶油冰砖和三色冰砖,售价大概在一毛多钱,仅吃过一回。

我小时候没喝过牛奶,更不知道冰激凌为何物。

从前,卖冰糕的大都背着个木头箱子,内装冰块保温,一般在学校门口沿街叫卖，青岛话喊起来倒也直白，多数吆喝"冰糕——雪糕"，招徕生意。为了买支冰糕解馋，小时候我没少动脑子。帮拉地排车的工人拉沿儿，捡些废铜烂铁牙膏皮，积攒点猪骨牛骨，换来的一点儿零花钱，除了买小人书，大都买冰糕和零食了。兜里没钱，又看到卖冰糕的小贩经过，心里火烧火燎。

时光进入二十世纪八十年代，情形大有改观，一种本地产的被称作"娃娃头"的奶油冰糕曾横扫街面好多年，冰激凌的品种亦开始不断更新换代，这是后话。

前些日子在一家火锅店里用餐，服务员端上来一样免费饮品，入嘴一咂，竟是惦念已久的酸梅汤。那是记忆中旧时的夏日味道。酸梅汤，过去市肆中有用杯盛的，亦有用碗盛的，比冰糕略贵一些，那冰凉酸甜的梅子味道，喝了就忘不掉。有一年母亲出差，从北京捎回过一包酸梅粉，全家人煮了几回，享用了好些日子。

碧蔓凌霜卧软沙，年来处处食西瓜。

其实，旧时炎炎夏日，普通人家最常见的冷食，是物美价廉的西瓜。把西瓜归为冷食，因那时多将西瓜拔凉后切块食用。小时候，家住铁路宿舍，成排的平房四合院，前院置一大水缸，每天要到公共水龙头那儿挑七八桶水，将水缸灌至八分满。西瓜买回家，洗干净后就扔进水缸里拔凉，吃起来脆而甜，倍儿爽！

家住农村的，将西瓜放在水井里拔凉，吃口更佳。

酸奶进入市民大众的视野，在二十世纪九十年代初期。1991年我去北京出差，在王府井大街第一次见到圆肚白瓷瓶的老北京酸奶，心生好奇。初次吸食，那种酸酸甜甜的味道，还不太习惯。次年夏，岛城栈桥 6 路公交车站背后的小卖部里，始见老北京酸奶的身影。从那以后，我常坐上五站公交车，自单位来此，喝上一瓶冰凉可口的酸奶。

说这话的工夫，一晃三十年过去了。

三伏天来袭，高温热辣持续。炎夏之季，旧时，北方人饮食上防暑降温的常见法宝，除西瓜、冰棍、酸梅汤之外，另有一样大众化饮品，绿豆汤。价廉物美，解渴消暑，是老少咸宜的夏令绿色饮品。

传统上，北方人早餐中的粥类以单纯的素粥居多，最常见的即大米粥、玉米粥和小米粥。至伏夏，大米粥中则会适时添加些许绿豆一同熬食。大米绿豆粥清热解毒，亦富营养，是暑期早餐粥品的佳选。

单纯绿豆汤的熬制颇简单，多于自家或单位食堂出品，鲜见有当街售卖者。而其升级版称作"绿豆沙"，则格高一等，此亦是祛热败火的绝好消夏饮食。

绿豆沙，顾名思义，将绿豆熬至火候，滤出豆沙，即成。方法是将水烧开，加入精选优质东北绿豆，添碱少许，密盖小火煮沸。约莫二十分钟光景，绿豆皮皆自然脱落、漂浮，速捞出。复煮半小时后，用细箩过滤出细沙即可，薄稠可随个人喜好。绿豆沙可温饮，亦可置于冰箱冷藏后凉食，皆美。我最中意加入冰糖调匀后冷吃，口感甜甜的、沙沙的、爽爽的，快意十足。

上有天堂，下有苏杭。

苏州人向来以"不时不食"之食格，在美食江湖中享有盛誉。前些年盛夏去了姑苏，当地朋友带我初游水乡震泽。震泽，亦曾是太湖的古称，由此可知小镇历史之悠久。古镇的宝塔老街依河而建，蜿蜒绵长。沿着光滑的石板路行走少顷，眼前即有家专门售卖绿豆汤的老店，招来不少慕名而至的南北食客。

此店的绿豆汤颇有些来头，其辅料众多，熬制繁复，据说沿袭古镇旧时之配方。苏州饮食界老法师华永根介绍，其配料除绿豆外，计有青红丝、蜜枣、糖渍冬瓜条、糖莲子、薏米、葡萄干和糯米饭等。将上述食材分别煮熟，添入白糖和薄荷同熬，冰镇后冷食。走遍民间诸地，此种"绿豆八宝汤"之食法为仅见，可称为绿豆汤中的顶级配置了。因其中添加了薄荷，细嚼慢品中，味道冰爽清凉，沁人心脾，与户外的酷热形成鲜明对比，食之咂舌难忘，亦是水乡人恋恋不舍的乡愁时令小食。据说，吴地绿豆汤的食法，各家有各家的独门配方，每至此季则各显其能。

岭南地区气候炎热，暑期长，故凉茶经营档口密布食肆街头，既有临时小摊，亦不乏百年老店。绿豆凉茶即长盛不衰之饮品，制作方法简便易行。将绿豆开水煮滚，小火焖上十分钟，加入冰糖后冷食。亦被称为糖水。老广有将其冷冻后制成冰棒者，亦美。绿豆凉茶以绿色汤底为靓，秘籍是煮锅要密闭，切不可用铁锅。

羊城的诸多凉茶店中，通常会有绿豆沙售卖，品相较黏稠，其中多添加了适量的陈皮等中药材熬制，据说有祛湿之功效。

时光中的端午节

几年前，我曾写过一篇《端午话食粽》，历数我走南访北食过的各色各样的粽子。我喜欢吃粽子，并不仅限于端午节期间，日常生活中也会隔三岔五到市场上买回一点儿，解一时之馋。几位朋友知我嗜粽，不时也动手包一点儿送给我品尝，顺便让我点评一下其做工手艺，皆大欢喜！现包现蒸现食的粽子，味道最是清芬可人。

人之口味的形成，大都源于童年。小时候习惯了什么样的饮食口味，通常会伴随人的一生，绝少改变。

我的童年正值二十世纪七十年代，物资短缺，食物匮乏，小孩子最巴望逢年过节吃一点儿不一样的节日美食。元宵节的元宵、中秋节的月饼、端午节的粽子，皆是翘首期盼之物，过了这个村再没这个店，否则又要等上一年。那时端午节包粽子的原料不全用糯米，而是掺上一点儿大米或小米，皆因糯米金贵，凭粮证供应有限。粽叶多选箬竹叶，食罢粽子，用清水浸泡洗净粽叶，晾干，一小捆一组扎好，搁置贮存，能反复用上两三年。

北方粽子过去只一种口味，至多于白粽子中放一两颗红枣或花生米，皆甜食。家境稍好一点儿的，蘸白砂糖；略差一点儿,蘸红糖。那年月,工薪阶层贫富差距至多如此。

除了吃粽子,端午节通常还会有一只粽子蛋打打牙祭。我家的鸡蛋是自产的,铁路宿舍平房前院的西北角垒有鸡舍,圈养着一只大公鸡和一只老母鸡。公鸡打鸣报晓,母鸡则老实巴交地天天下蛋,我每次放学回家,最开心的就是先去鸡窝里掏蛋。把热乎乎的鸡蛋交到奶奶手里,特别有成就感。她老人家和我平时却都舍不得吃上一口,得照顾好家里的顶梁柱、整劳力——我的爷爷。小孩子也不闲着,闲暇时光,我常去池塘、野坡、山上捉些蜻蜓、蚂蚱、西瓜虫、吊死鬼来犒赏母鸡,为它加餐改善生活。端午时节,田野里昆虫疯生疯长,品类亦多。

端午节的前一天,奶奶通常会坐在炕上,眼前守着一个大笸箩,手工搓制五彩线绳。端午清早,老人家会在我的手腕、脚腕处,系上她自制的红绿黄白黑五色彩绳。系绳时,她嘱咐我不准说话。我问为啥,她说,你说话系绳就不灵了。据说,系五彩绳能避开蛇、蝎、蜈蚣、壁虎和蟾蜍这"五毒"的危害。过了节,彩绳不能随便解下或扔掉,依俗要在节后的第一场雨时,丢到水塘、小河或沟渠里,方才灵验。

老青岛人过端午另一个重要的习俗是拉露水。拉露水要赶早,这也是我少时最头疼的事,清晨四点多就被大人硬拽出被窝,一起奔向山去。据说用太阳未出之前野外植物上的露水抹脸,会耳聪目明。此日还要拔艾蒿。青岛市区的北岭山、嘉定山、双山、孤山和几座无名山上,旧时均长有成片的野艾蒿。将艾蒿插在天井院门两侧,能祛邪驱毒。艾蒿发出的特殊芳香气味,另有驱逐蚊蝇之作用。艾蒿干透后点燃,亦能起到同样效果,是天然的蚊香。

此时节，山坡上的苹果园里，青苹果才刚刚长成幼儿拳头大小，忍不住偷偷摘下一个，咬一口，涩得直打战，只能扔掉。自此，涩口的青苹果成为童年端午节记忆中不会缺席的念想。

往事如梦了无痕。诸多老习俗、老场景湮没在了城市化的进程中，让人徒生感慨。近年偶然发现，一些小区里悄然重视起民俗文化的传承来。端午将至，电梯里早早挂上了香熏包，家门口也新添了一把野艾蒿，这些虽已失去旧时功能，但仪式感仍在。善莫大焉！

节日主角粽子的品种，而今只有你想不到，没有商家做不到。但我还是喜欢剥一只红枣糯米粽，蘸一点儿红糖，那是舌尖上记忆中的童年味道。老家没有了，小时候的平房小院也没有了，一只小小的粽子里，寄托着挥之不去的深深浅浅的乡愁哪。

虾子酱油

每年仲夏前后,是太湖流域青虾的带子期。此时,湖虾个大肉紧,子在腹外,擅烹者将虾子细心筛出,干制后,色橙红;久置,变暗红。江浙沪一带食客夏季喜食三虾面,三虾即虾仁、虾脑和虾子。苏州应时的传统名菜中,还有一款三虾豆腐,鲜美嫩滑,无与伦比,是老字号石家饭店的招牌菜,时令性很强。

十几年前夏天的一个清晨,我在扬州闲逛萃园桥早市,见有商贩在兜售新鲜虾子,询价,百元左右一斤,并不贵,心情一激动,买了半斤。回家后,竟不知如何料理,白白放了好些年,几乎鲜失殆尽,可惜!

也是在扬州,我品尝了当地的特色面食阳春面。面是光面,没有任何浇头,仅有一小撮碧绿的香葱装点。捧起大碗,一口微烫的红汤下肚,用扬州话讲:呱呱叫!厨师朋友揭秘汤美的诀窍,并不放一点儿味精鸡精,而是用虾子和鸡汤经一两小时火候,慢慢调出来的。汤虽清,味道却层次分明,极鲜!

江南人擅使小小的虾子派上大用场。炒清风三虾、蒸太湖白鱼自然缺不了它;烹炒茭白后,撒上一把虾子,即虾子茭白，白里透红，与众不同。最令味觉惊艳的，要算虾子酱油。

虾子酱油是酱油界的天花板，"顶流"。

苏州人讲究不时不食，夏令时节，饕餮客们对虾子酱油有种与生俱来的偏好和迷恋。几位姑苏文化圈里的美食家，每年皆要在微信朋友圈中晒出新制的虾子酱油，颇示炫耀，松鹤楼的、新聚丰的，不一而足。那个得意劲儿！得不到的看客，凭空想想那个鲜劲，涎水就要跟着流出来了。

从苏州的烹饪前辈那里得知，制作虾子酱油必须选新鲜的虾子，酱油要用上好的秋油，加适量绵白糖、高粱白酒熬制；点睛之笔是添入适量鲜甜的腐乳露。旧时姑苏城里讲究的人家，都会自己熬制自家风味的虾子酱油，或自用，或待客，或馈赠。袁枚在《随园食单·小菜单》中记载："买虾子数斤，同秋油入锅熬之，起锅用布沥出秋油，乃将布包虾子，同放罐中盛油。"随着生活节奏加快，乐意费时费力自制虾子酱油的人家已是凤毛麟角，而传承苏式滋味的一些有情怀的烹饪界、美食界人士，悄然把接力棒接了过来。其中的佼佼者，是新聚丰菜馆的老字号掌门人。

虾子酱油是百搭的增鲜之品，蘸白斩鸡、白切肉，俱佳。最绝的，是蘸食油条。

二十年前，我在沪上第一次见上海人早餐吃油条时，眼前置一小碟酱油蘸着吃，大开眼界，亦不解。酱油是质量不错的酿造酱油，我试着尝了一下，倒是别有一番风味，挺不错。后来，在扬州见识了油条蘸虾子酱油，乃是"三和四美"老品牌，口感比普通酱油高出不少。

去年夏天，苏菜中国烹饪大师黄明在新聚丰菜馆参加美食活动，获赠两瓶大师熬制的虾子酱油，悉数赠我。对新聚丰的虾子酱油，我可称得上是心仪已久、垂涎三尺。

依我之食经，虾子酱油所蘸食的油条，面粉发酵得要好，炸后膨松、酥脆，空心最靓，关键是要趁热吃。速食的那种像小面棍一样的油条，或是软塌塌打不起精神的油条，是绝对配不上虾子酱油的，门不当户不对。选一周日，堂食油条，趁热蘸取自备的新聚丰虾子酱油，应了那句诗："金风玉露一相逢，便胜却人间无数。"入口，油条的香、脆，酱油的鲜、甜，伴着虾子沙沙的质感，互相融合，相互成就，最终升华为口腔中的味觉盛宴。小食中品出了大滋味，那种满足，用苏州话说：打耳光也不放手。

虾子酱油蘸油条，人间至味。江南人会吃，佩服佩服！

伏酱与秋油

清代李笠翁认为，笋乃蔬食中第一品。

春之时节，江南人皆爱烹制一道时令菜：腌笃鲜。选取当季鲜嫩的春笋，将腌制好的咸肉与鲜五花肉改刀后，于砂锅中同煲，至汤色奶白而稠，停火。笃，为文火慢炖之意。

春日，于家中小试身手仿制，味道可圈可点。砂锅中炖至酥烂的五花肉余下少许，家人切丁与蒜仔、洋葱丁、黄瓜丁、黄豆酱、黄砂糖等回锅同炒，得肉酱一钵，食之口感绝美。可佐馒头、火烧，可卷单饼、蛋饼，最宜做面条的浇头，紧汤，拌食，风味别殊。

酱，中国历史悠久的传统食品之一，在饮食中占有重要地位，多用面、麦、豆等粮食作物发酵而成。古人有"酱者，百味之将帅，帅百味而行"之评语。酱的品种五花八门，常见的有黄豆酱、甜面酱、豆瓣酱等，经再加工后，多佐餐食之。番茄酱、沙拉酱则是另外一个门类，且按下不表。

头伏饺子二伏面。北方人入伏后爱吃炸酱面，自然离不开酱。炸酱，多将五花肉切成小丁，起锅后用小火慢煸，煸出油来，放葱姜蒜爆香。紧接着，把蒸透的黄酱倒入，用小火慢炸二十多分钟，此时炸酱上面会渗出一层油，即成。有人加入茄子丁同炒，亦佳。

吃北京烤鸭则离不开甜面酱。烹制甜面酱，需在将其蒸熟后加入白砂糖和香油搅拌均匀，方才正宗，此为传统之法。闻今之烤鸭酱中复加蚝油、芝麻酱、海鲜酱等，当是甜酱的升级版了。岭南名馔烤乳猪，佐酱趋同。

清代美食大家袁枚将甜酱和入捣烂的花椒、虾米同蒸，美其名曰"喇虎酱"。

依传统之法制作的酱，以何为佳？伏酱。伏酱专指在三伏天制作的酱，因日照充足、天气炎热而发酵充分，且绝少滋生细菌，质量上乘。

老百姓开门七件事，柴米油盐酱醋茶。酱，亦是日常生活之必备品。旧时，各地均有相当数量的酱坊、酱园，依古法专门制作酱和酱油，以供时需。袁枚曾讲"酱有清浓之分，油有荤素之别"，可见酱油和酱一样，亦有高低上下等级之分。

酱油是酱的衍生品。何为酱油中的上品？秋油！秋油即伏酱发酵后至深秋所得的第一批头油，品质最佳，亦称"母油"，酱油之母也。

"厨师的汤，唱戏的腔。"同为苏式汤面，苏州百年老店松鹤楼面馆的红汤，乃是以焖肉的酱汁调和而成，味鲜且腴；而镇江锅盖面的红汤，则全凭优质酱油与十几味香料、调料混合熬制，经再发酵勾兑乃成，味厚而醇。两者各传乡味，殊途同归，我皆爱之。

岭南甘蔗

秋风乍起，市面上甘蔗渐渐多了起来，时光若退回四十多年前，这可是我的心爱之物。

甘蔗，老青岛人称之为"甜秆"，意为甜的秆儿，很生动。甘蔗有果蔗和糖蔗之分，二十世纪七八十年代，每至秋季，老四方区小村庄果品店门前，岭南地区运来的甘蔗堆得山高，价贱如泥，家家户户人人吃得起。

甘蔗产于热带和亚热带地区，春季种植，当年秋季即可成熟，至冬季时，尤甜。甘蔗无肉可咽，其食法亦最简单。用砍刀砍成一截一截的小段儿，空口即可生咬而食，一边嚼，吮吸其汁液，一边吐出蔗渣，循环往复。此物可解馋，又是锻炼牙口的利器。我的牙齿向来结实，可能是从小喜欢啃甘蔗之故。

岛城传统水果店中，甘蔗以皮紫黑者为佳，蜜甜。外地亦有种植青皮甘蔗，色翠绿，未知何味。甘蔗内中若变红，则不可食，味转酸，此乃变质之相。

十年前，偶过广州南沙的乡间，初见一眼望不到边际的甘蔗林。甘蔗长势颇佳，单株比成人高出不少，列队齐整，似阅兵方阵。至此境地，忽忆起诗人郭小川的《甘蔗林——

青纱帐》:"南方的甘蔗林哪,南方的甘蔗林!你为什么这样香甜,又为什么那样严峻?"

南国羊城的食肆之中,甘蔗通常并不出自水果摊点。凡街头的凉茶档口,必有鲜榨甘蔗汁售卖。多置一小型机器,自一头递进甘蔗,另一头则快速榨出鲜汁,极便捷,价格三至五元不等。可即饮,亦可塑料杯封口后带回享用。甘蔗汁嫩绿甘甜,有一股田野间的清香之气。岭南地区暑期长,饮之可清热生津,冷藏后风味尤殊。另外一种,则是将甘蔗切段削皮之后三三两两地打包售卖,省去了口唇剥皮之苦和牙齿撕咬之窘。老广们想食客之所想,深为妙龄女郎所喜,避免了闹市中的龇牙咧嘴,善莫大焉。

广州市一德路规模颇巨的副食品批发市场,常年设有售卖宝岛台湾特色产品的专营店。前些年,朋友常叮嘱我捎些台湾原装黑糖回来。后来始知,黑糖即甘蔗榨汁煮沸后,去掉水分结晶的第一道成品。再经提炼,则是红糖、黄砂糖、冰糖等,营养成分亦随之流失和减少。故黑糖中保留了甘蔗最原始的铁、钙、镁等养分,成为制作夏日饮品、甜品、点心和日常保健的首选,女士们大都钟爱有加。其附产品另有玫瑰四物黑糖、老姜黑糖、桂圆黑糖等面市。

高考期间,南方某地有部分学生家长手杵一根根甘蔗,立在学校门口为孩子助威祈福,据说寓意"高中浙大(蔗大)",不禁莞尔。近些年亦有段子,说若里"熊孩子"不听话或在考试前,常拿出甘蔗恐吓之,问曰:想内服还是外用?内服,甘甜可口,自然皆大欢喜;外用,则免不了一顿皮肉之苦。甘蔗本该是甜蜜之物,这又是招惹了谁?

赏菊且持螯

中国古代的文人墨客，常常赋予花草以人文精神和象征意义，其中尤以"四君子"最为典型。

四君子，特指梅、兰、竹、菊。梅，代表傲骨，凌寒独自开，敢为天下先，北宋林和靖引为至爱，世称"梅妻鹤子"。兰，生于幽谷，不以无人而不芳，亦被称为"香祖""王者之香"，暗喻高洁自律，书圣王羲之爱兰如命，天下第一行书即出自兰亭。竹，虚心、有节、向上，清代画坛"扬州八怪"之一郑板桥擅以此物入画，爱竹成癖，其题画诗"衙斋卧听萧萧竹，疑是民间疾苦声。些小吾曹州县吏，一枝一叶总关情"，传诵时久。

秋天要赏的，当然是菊花。

菊花之于中国，有两三千年的历史。《礼记·月令》记有"季秋之月，菊有黄华"之句。古代把一季分为孟、仲、季三段，季秋，秋之末月之意。晋代高士陶渊明是闻名古今的爱菊之人，其诗作"采菊东篱下，悠然见南山""秋菊有佳色，挹露掇其英"，为咏菊爱菊之名句。民间亦将陶渊明奉为九月之花神，渊明爱菊，无出其右者。

李笠翁称，菊花者，秋季之牡丹、芍药也。从我记事起，中山公园每年举办的赏花展，以春季的赏樱和秋季的赏菊为最盛，观者如潮，人山人海。老青岛人的家中，几乎都有几张昔年在菊展上的留影，赏菊是应季的时髦之举。欧洲和日本等地也有菊展。据说，欧洲的菊花大都移植自我国；而近邻日本的菊种，大半亦由我国传入。汪曾祺曾写过一篇散文，说了一段故事：秋季广交会上摆放了很多盆菊花，广交会开完了，菊花尚未败。有日商询问主办方菊花如何处理，答曰：扔掉。于是日商给了一点儿钱将菊花全部买断，运回日本，张贴出海报"中国菊展"，赚了一大笔钱。可见，日本人也是爱菊的；当然，日商也够精明的。

我认识几位莳花弄草的高手，叶正亭就是其中的佼佼者。他的怀德堂庭院中一年四季花事不断，仿佛隔着屏幕都能嗅到花香。他在微信朋友圈里晒出的菊花，风姿绰约，娇嫩欲滴，品种绝佳。鸳鸯带、紫双凤、霓裳舞，单是花名，亦使人陶醉其妙。他说，文人爱菊，因为知菊。

明太祖朱元璋爱菊爱得霸气，且看他的菊花诗作："百花发时我不发；我若发时都吓杀。要与西风战一场，遍身穿就黄金甲。"

菊残犹有傲霜枝，是言其坚强不屈之品格，也是人们爱菊的初衷。三闾大夫屈原也爱菊，《楚辞》中有"夕餐秋菊之落英"之句，言明秋菊非但可赏，其初开之嫩花亦可食。

入馔之菊，首推其可泡饮，即所谓菊花茶。桐乡杭白菊、婺源黄菊、焦作怀菊、黄山贡菊，是菊花茶品种中颇有特色的几款。

深秋，江南之地的应季美味绝对绕不开大闸蟹，素有"持螯赏菊"之说。民谚道："九月团脐十月尖"，即言农历九月母蟹正肥，而农历十月公蟹壮硕。持螯赏菊西风里，一色湖光万顷秋，恰逢其时。

江南人吃蟹，习惯一食两只，一公一母，阴阳平衡。蟹性大寒，一般佐以姜丝、食醋、生抽等蘸食。最宜食后饮碗热姜糖水，可祛邪寒。

"蟹立冬，影无踪。"大闸蟹通常在秋末立冬时节潜水蛰伏过冬，休养生息。亦有例外。在气候温暖的苏州地区，有"小雪前，闹踵踵"之食蟹民谚，其蟹讯可一直延续至寒冬时节。难怪章太炎夫人汤国梨寄居吴中时，曾有诗咏道："故乡虽好不归去，客里西风两鬓秋。不是阳澄湖蟹好，人生何必住苏州。"爱蟹之情，跃然纸上。

四方食事，不过一碗人间烟火。美景与美食，从来都是不可辜负的。

冬天的暖锅

立冬一过,心念起了涮锅;想起涮锅,自然而然就想到了东来顺。

二十世纪八十年代后期,第一次在京城见识了东来顺火锅,那时候,东来顺还开在王府井大街东风市场的隔壁。雕梁画栋的京味门头,特显眼儿。一朝尝试,终生追随。

东来顺的火锅样式,一种是景泰蓝的,京风京韵浓郁,透着皇家气派。昔年曾参观过北京市珐琅厂,见过大大小小各种花色的景泰蓝火锅,美不胜收,多用于正式场合,食肆中并不常见;多见的,是一种纯紫铜底子的大锅,烧木炭,汤底是清汤。百余年来,东来顺一直坚守着这份传承。东来顺的羊肉地道,精选内蒙古锡林郭勒盟的特选羊肉,细嫩,无膻味。

东来顺的传统羊肉,四两一盘,肥瘦相间,为必吃之味。甜蒜、韭花酱、芝麻酱烧饼,皆为老店自制,不可不品。吃涮羊肉原先也是有讲究的,素有文吃武吃之说。文吃,指食客的羊肉片不离筷,只在锅中自己眼前的一小片"水域"里,一起一落,羊肉一旦离生,即食,火候全由自个儿掌控。更讲究的,羊肉不直接蘸调料,而是先落在接碟中,用小匙舀一点儿蘸料于肉上，方才食之。武吃，即由一人主控，将各色肉片、海鲜、素菜一股脑儿倒入锅中煮熟后，众人各自取食，场面热闹，有野逸之气。如今生活节奏之快，食火锅皆以武吃者一统江湖了。

广东人入冬也偏爱涮锅，当地涮火锅另有其名，称为"打边炉"。广东俚语讲："边炉滚一滚，神仙都'企唔稳'（站不稳）。"广东人似乎不怎么喜欢涮羊肉，潮汕菜系喜欢涮牛肉，将牛的各种部位一一拆开切片，连带牛下货和手打牛肉丸，皆有人爱。顺德菜系喜欢涮淡水鱼，尤喜鲩鱼。当地人还发明了用白粥当汤底，熬出粥油，涮猪肝、涮鲩鱼片，营养又开胃。更多的广府人喜欢生猛，现宰活杀，涮鸡肉、涮鹅肉、涮活海鲜，更青睐涮水蛇肉，视之为大补。食在广东，绝对不是浪得虚名。

入冬另一样绝好的菜式，是煲砂锅。

北方人煲砂锅，食材上与南方人略有不同。南方家常煲砂锅离不开笋，北方煲砂锅缺不了大白菜。南朝宋齐间的周颙隐居钟山，以蔬食为生。文惠太子问他蔬食中何味最胜，他答道："春初早韭，秋末晚菘。"晚菘，即霜降后的大白菜。

岛城胶州地区是中国优质大白菜的原产地。崂山白菜，帮白，叶翠绿，质地较蓬松，见火即烂，清甜可口。胶州大白菜，帮白，叶由浅绿及浅黄，少筋，汤白，鲜甜，俗称"胶白""胶菜"。鲁迅亦曾在《藤野先生》一文中提道："用红头绳系住菜根，倒挂在水果店头，尊为'胶菜'。"白菜搁在水果店里卖，其身价可窥一斑。

砂锅中，大白菜铺底，经久耐煮；中间可放粉条、豆腐、肉丸、鱼丸、干发海鲜等；上层宜最后放绿叶蔬菜或海鲜等。

寒冷的冬季，时不时来上一个砂锅煲，非但有市井人间烟火气，且暖胃开心。

二十多年前的一个初冬，我背着简单的行囊，独自在古徽州的村落里转悠了一周。待行至歙县老城的一条青石板路古巷中，天色渐暗，空中飘起了牛毛细雨，体感阴湿寒冷。正在寻思着补充一下能量时，看到了拐角处亮起探灯的一家饭馆。馆子不大，门前摆了一长溜各色砂锅招徕生意，见此，腿肚子马上不听使唤了。

当街落了座，挑选了此地的一款特色砂锅，目测一个人吃分量绝对够，也省去了另点其他菜。眼看着砂锅麻溜地上了炉灶，一袋烟的工夫，锅盖上的气孔刺啦刺啦响了起来，香味也跟着弥漫开来。干笋尖、鲜竹笋、腊肉、千张、豆腐泡、肉丸子、粉丝，盈盈一锅。将收火时，添加少许青蔬，炖得烂透。汤呈乳白色，盛了满满一碗下肚，鲜得掉眉毛！周身顿时觉得暖和了许多。我忽地记起了胡适的"徽州一品锅"。

当年，祖籍徽州绩溪的胡适招待徽州女婿梁实秋时，便选用此菜。梁实秋是美食大家，《雅舍谈吃》是他的一部传世食经。据说，梁实秋食罢此菜曾有"一品锅，三五七层花色多，品其味，离桌不离锅"之赞誉，足见其美。

春节话食俗

俗话说，一方水土养一方人。

青岛是座移民城市，本地居民大都自明代由外省迁徙而来，以农渔业为生，至今已有四五百年历史。青岛开埠以后，当地人与胶东半岛邻县陆续移居岛城的新青岛人，相互融合，相互影响，共同构成了青岛人自身的日常饮食体系。

青岛人过年的餐桌上，固定呈现的菜色有"三鱼三面"，颇有代表性。自古以来，靠山吃山，靠海吃海，鱼在青岛人的心目中有着无可替代的独特地位。逢年过节、红事白事，鱼都不可或缺。此中之鱼，定是指海鱼。若在岛城搞一次"我最喜欢的海捕鱼"的评选，拔得头筹的，定要数鲅鱼。故春节餐桌上的第一种鱼是五香熏鲅鱼，咸甜口。

接下来，是青岛人祖祖辈辈喜爱的平民鱼——带鱼，老青岛人称"刀鱼"。刀鱼之所以广受青睐，除产量大之外，虽冰冻难掩其鲜，亦是主因。青岛人烹制刀鱼，曰"煿"，即两面挂糊入锅煎，煿刀鱼，也是我一年四季的心头所好。

第三种鱼，是一条带鳞的全须全尾的家常烧海鱼，过去多取白鳞鱼或加吉鱼，如今以黄花鱼为尊，亦有取黄姑鱼、海鲈鱼和鸦片鱼者，皆常见。鲳鱼则不能上大席。

再说"三面",其一即一大盘麦香浓郁的枣饽饽,透着丰收的喜悦,飘着生活的香甜。但在除夕夜,枣饽饽仅有展示之功能,摆着好看,大人们要留着肚子吃菜喝酒,小孩子们则把心思放在了另一种面食上——饺子。此夜的饺子非但味美,饺子馅中还藏着宝贝,吃中了,家长会有崭新的赏钱。青岛人所藏的宝贝,一是红枣,二是硬币,数量上宜八宜六,皆取吉利。第三样节日面食便是年糕。

糕,是我国的传统食品,据说始于汉代,流行于魏晋南北朝时期。食年糕,取"年年高"之谐音,在喜庆之时讨个好彩头,故大江南北诸地间,逢年过节食年糕之习俗颇成风气。

制作年糕的农作物,南方多取五谷之"稻",北方则多选五谷之"黍"。黍,去皮后称作"黄米",比小米略大,格亦高。青岛地区称其为"大黄米",多用于包黄米包或制作黄米年糕,皆甜食。其亦是制作北派黄酒"即墨老酒"之主要原料,遵"古遗六法"酿造工艺,历史弥久,颇负盛名。

传统的青岛人家年夜饭餐桌上,必食金澄澄的蒸大黄米年糕,传承有序。黄米年糕以取红糖蘸食为佳,白糖次之,少数亦有煎食者。大黄米年糕软糯益气,补中和胃,亦是养生佳品。

据记载,年糕肇始于春秋战国时期的吴国。原为吴国都城的苏州,有两千五百多年的悠久历史,食年糕风俗颇具代表性。

苏州吴中区的洞庭东山,是座千年历史文化名镇,民风民俗保留着浓郁的农耕文明特征,饮食上谨遵古法。在其地,过年时我食过两种年糕,一曰猪油糕,二曰黄松糕。

猪油糕，又称"脂油糕"。清代美食家袁枚在《随园食单·点心单》中有《脂油糕》篇，记载："用纯糯粉拌脂油，放盘中蒸熟，加冰糖捶碎，入粉中，蒸好用刀切开。"东山猪油糕清香肥糯，油而不腻，内嵌猪板油是其核心环节。糕面遍撒青红丝、蜜枣碎、核桃仁、瓜子仁等。成品皆盛置于竹篾食盒中，上覆大红盖纸，透着甜蜜喜庆，令人望之垂涎，食之满口留香，无愧为舌尖上的"吴中佳品"。

苏式传统糕点中，黄松糕最为常见，其原料是粳糯相间的米粉，糯粉稍多。蒸时拌以红糖，内有赤豆沙、核桃仁和猪板油，糕面亦嵌有青红丝、玫瑰花、松仁、瓜子仁等。置于蒸笼中大火蒸熟，色泽嫩黄，香甜软糯。因其松软，故名黄松糕。清代另一位美食老饕李笠翁在《闲情偶寄》中说："糕贵乎松，饼利于薄。"黄松糕正合此意。

此外，东山古镇春节传统的伴手礼中，尚有小方糕、三色夹糕、赤豆拉糕和洞庭雪饺等经典糕点小食，组合成年糕家族亮相迎新，或红或粉，或白或黄，缤纷喜庆。以糯米粉做皮，用红枣碎、核桃仁、白芝麻、松仁和糖猪油做馅心制成的三角形雪饺，小巧可爱，晶莹剔透，食之肥润可口，甜香扑鼻，为此地独有之妙品，不可错过。

年糕多为甜食，亦有例外。"青菜炒年糕""番茄炒年糕"是宁波地区的特色饮食，上海地区则有"蟹粉炒年糕"之烹制方法，而年糕夹酸菜则是宝岛台湾地区的一种食法。贵州安顺人食年糕的方式比较特别，喜欢蘸"水豆豉"佐餐，微辣。以上皆为咸食。川贵地区食糯米制成的"糍粑"或"粑粑"，贵州苗族聚居地区的"打糍粑"极富民族特色。多年之前，我曾在西江千户苗寨小试过身手。此糕黏性极强，原先看上去轻松流畅的打糕动作，上手几下却很快败下阵来。由此可见经典美食传承之不易和艰辛。

糕团不分家。苏州人家农历腊月二十四过小年，比北方晚一天，此日食俗为吃蒸菜团子或五彩团子。除夕夜要在米饭中埋入带皮的荸荠，曰"元宝饭"。正月初一，则要将年糕切片与圆子同煮，民间称其为"元宝汤"。苏州人擅将过年期间剩余之年糕，在"二月二，龙抬头"这天切片煎食，以祈求腰板硬朗，称作"撑腰糕"。有诗记曰：

片切年糕作短条，碧油煎出嫩黄娇。
年年撑得风难摆，怪道吴娘少细腰。

诙谐幽默中道出此日食俗。

冬令地三鲜

民间食谚说：春吃芽，夏吃瓜，秋吃果，冬吃根。饮食之道讲究不时不食，顺应天地自然之变化，当令而食，悖时而弃。

传统餐馆酒楼菜单上，经常会有一道烧"地三鲜"，属东北风味家常菜，价廉，下饭下酒皆宜。三鲜指土豆、青椒和茄子。当下要说的，是"冬吃根"序列里的三种食物：土豆、山药、牛蒡。

土豆，学名马铃薯，老青岛人称"地豆"。各地的叫法各式各样，山西称为"山药蛋"，现代文学有一重要流派，以山西赵树理为代表，即命名为"山药蛋派"；洋山芋，是江浙沪一带的叫法；岭南称"薯仔"；福建叫"番仔芋"；甘肃、宁夏、湖南、湖北等地则称"洋芋"。

土豆的烹饪方法多样，可炒可拌，可炸可涮，可烧可炖，可烤可煎。烹调思路出圈出彩的，当推甘肃，土豆在当地人饮食中占有半壁江山。我去过两次陇南，此地所产土豆品质超群，淀粉含量高，口感软、绵、甜、香，不柴不酸。既可空口食之，又花样迭出，常吃不厌。

在西和县山里的农家宴上，邂逅了洋芋搅团，这是最具地域特色的一道传统小吃。将蒸熟的土豆打成泥状，反复捶捣，增其黏性，加入料汁、辣椒油、蒜泥和韭菜末等拌食，颇似北方之黄米年糕。食之软糯筋道，口感奇妙，绝不似土豆通常的味道，非但当地人喜食，外地客在桌上也不忍停箸。

洋芋手擀粉，是品质优良的传统手信，宽细皆佳。西和县马路边一排排露天晾晒的洋芋粉条，雪白如练，蔚成一景，尤以宽度近似腰带之手工粉条最受食客青睐。宽粉宜用火锅煮食，亦可佐以五花肉同烧，弹牙，有韧劲，好吃没的说。临回青前，赶忙跑去农贸市场买了老大一包。

陇南最接地气的民间小吃，当属洋芋凉粉。多切成块状、条状，佐以胡麻籽、辣椒油和包心酸菜等拌食。入口香辣酸爽，通身舒畅轻快，夏季最宜。沿街地摊、小店小铺随处可见，年轻的女孩子或当街坐食，或手捧一碗边走边吃，随心惬意。

我小时候似乎不太待见山药，长大了也不怎么爱吃，因为它没有滋味，还噎人。山药，也叫山薯、土薯，相比土豆，山药的烹饪方法则单调得多。最普通的食法是切条蒸食。餐馆酒楼中"大丰收"里有它，多与玉米、花生、栗子、土豆等一干表兄弟搭伙亮相。山药去皮切片清炒，切块与肉禽类一起煲汤，都是常规出品。我嗜甜，最喜欢一款鲁菜"拔丝山药"，如今肯下功夫做这道传统菜的饭店，凤毛麟角。山药产地众多，以河南焦作温县所产的铁棍山药，最为知名。市肆中家家皆自称"铁棍"，其实铁棍山药远没那么多！

山药豆，是山药的副产品，与山药本是同根生。山药长在地里，山药豆长在地外的藤上。明代李时珍在《本草纲目》中记载："（山药豆）煮熟去皮食之，胜于山药，美于芋子。"

幼时所见最多的，是山药豆串成的糖球，价格比山楂糖球便宜很多。偶得小钱，多购一串解馋，几分钱即得，如今市面上遁迹已久了。

山药口味虽乏善可陈，却是药食同源的绝好食材，调理脾胃，此物被尊为上选。

很多人不认得牛蒡，也有人误将牛蒡当山药，哥俩的确长得颇像。其实，牛蒡和山药虽貌似，却既不同科亦不同属，本是两个不相干的品种。牛蒡外皮比山药粗糙，山药外皮相对光滑，切开一白到底。质地上，山药细腻，牛蒡干涩。山东的兰陵县（原苍山县）非但大蒜驰名中外，也是牛蒡的优良产地。昔年在此地初识牛蒡，牛蒡根茎直且长，可达两米，比人高；山药则相对短些。牛蒡也是药食两用的滋补型食材，宜与肉禽类煲汤，不似山药般易碎易断；其有丰富的膳食纤维，最佳食法是切细丝凉拌，末了再撒上一把熟芝麻，风味别具。日本人素来对牛蒡迷恋有加，衍生品牛蒡茶，也颇受青睐。

春酸、夏苦、秋辛、冬咸，是古人总结的四季应遵循的味道，合食理。冬天来了，吃什么？怎么吃？这可都是大问题。

夜寒定有人相忆

六年前的小雪时节，我背着草绿色双肩旅行包，冒着飘摇密雪，独自一人夜宿在湘西凤凰古城。民宿客栈临江而建，一间不大的客房，一个观景的开放式阳台，午夜时分凭栏远眺，目之所及，是日夜奔流、浩浩荡荡的沱江水，两岸是鳞次栉比的民居、吊脚楼、风雨桥。凄迷灯火中，夜寒，风冷，人独立，此刻要享受的，正是那份来之不易的孤独。

凤凰古城的冬夜，游人稀少，宁静、幽深，透着些许神秘。旅人至此，身是轻的，心是空的，只想静静地独坐一隅，喝一杯绿茶，望着江中石板桥上偶然走过的一对恋人发会儿呆。夜色渐浓，选中一家江边的农家小馆，叮嘱店家烧上两样土菜，一份水煮沱江鱼，一份腊肉炒蒜苗，入乡随俗。再打上一碗店家自制的浊米酒，温热，悠悠地消磨着时光。遥想当年的沈从文或是黄永玉，他们是不是曾经也这样清闲过？那年，凤凰城的两个寒夜，使我有一种挥之不去的眷恋。

二十多年前，还未有人称"背包族"为"驴友"，古徽州所属的歙县古城、渔梁坝、棠樾、屯溪老街、黟县的宏村、西递、塔川等原生态村落，还不像如今这般繁华热闹，商业气息也不至于令人窒息。冬游此地，如若置身世外桃源。至西递村，借宿农家。清晨四五点钟，耳畔传来鸡打鸣声，紧接着是圈养的猪嗡嗡嗡的拱叫声。早起的鸟儿先得食，随之而来的是叽叽喳喳的鸟叫。"大合唱"中，我索性起身洗了把脸，在村子里转悠一圈，遇见村中屠户正在宰杀年猪，周围三三两两的村民围了一圈。徽州人杀年猪有仪式感，屠户提前几日要在村中祠堂正对面的粉墙上贴出杀猪告示，言明具体时辰，村民须提前预订好年猪的部位，猪头、猪前腿、猪后腿，猪肝、猪血、猪大肠，各取所需。徽州人逢年过节有腌制火腿的习俗，故猪腿是抢手货。长这么大，面对面围观杀猪分肉，平生还是头一遭。

傍晚时分，回到所居农家，阵阵烧肉的奇香迎面扑鼻。一打听，原来当户农家猪圈中跑来一头野猪，被农家捕猎，锅中红烧的正是盈盈一锅野猪肉。交上一天二十元的伙食费，当晚餐食一荤一素，素的是一碟烧冬笋，清香、脆嫩；荤的是一碗油汪汪的红烧野猪肉，农家大婶递来一碗白米饭，吃得风卷残云。野猪皮滋味尤美，韧糯，略脆，弹牙，一连干掉两碗白米饭，吃到撑。冬夜的农家没有有效的取暖家什，凭着一碗红通通香喷喷的红烧野猪肉，硬是熬过一夜。

夜宿宏村一栋清代百年徽派老屋，晚饭后，坐在四水回堂的天井里，头顶漫天繁星，和年长的房东围炉夜话，聊徽州人、徽州事。所围之炉，木制，椅子状，椅背宽厚，上可坐人；椅面部分呈木桶状，内置火炉，烧木炭，椅面处有金属隔网，玉米、地瓜等置于其上炙烤。清冽湿冷的夜空中，甜香袭人，直抵肺腑。老房东说："脚踩一团火，手捧苞米粿，除了皇帝就算我。"他笑了，我若有所思。

那天，走出棠樾村的古牌坊群，在往歙县方向行驶的公路旁，拦住一辆小巴车，至县城，已夜色阑珊。饥肠辘辘中，老街深处一家小饭馆门廊灯发出的浅浅暖光吸引了我。这是一家专营各色砂锅的小店，食材新鲜，自选搭配，丰俭由己。店家说，这是徽州名吃"一品锅"，不错，就是胡适之在家待客常吃的徽州一品锅！

夜寒锅暖，一扫疲惫。起身找寻旅店的途中，偶遇一北京青年旅友，交谈几句，挺投缘，结伴找到一家国营招待所安顿好。素昧平生的两个年轻人合租一屋，聊了半宿。次日，挥手自兹去，天涯两方，音讯杳无。二十年前古徽州的那个寒夜，徽州一品锅，京城陌生客，永刻记忆。

读万卷书，行万里路。工作以来，每年都会给自己安排一次"放飞自我"的远方行旅，在千里路途中浅尝酸甜苦辣，体验人生百味，常有收获。冬天来了，春天不会远了，渴望一次说走就走的独行之旅。

人间烟火

三余草堂清暑图

小寒　歲次丁酉年七月望朔於三樂堂上
畫二十四節氣圖　三樂堂上

山蔬之圖

山蔬有真味，肉食者不知。老夫於空山自愛園中藝芝，又況乎庚子十二月弟卿於借山館寫此。

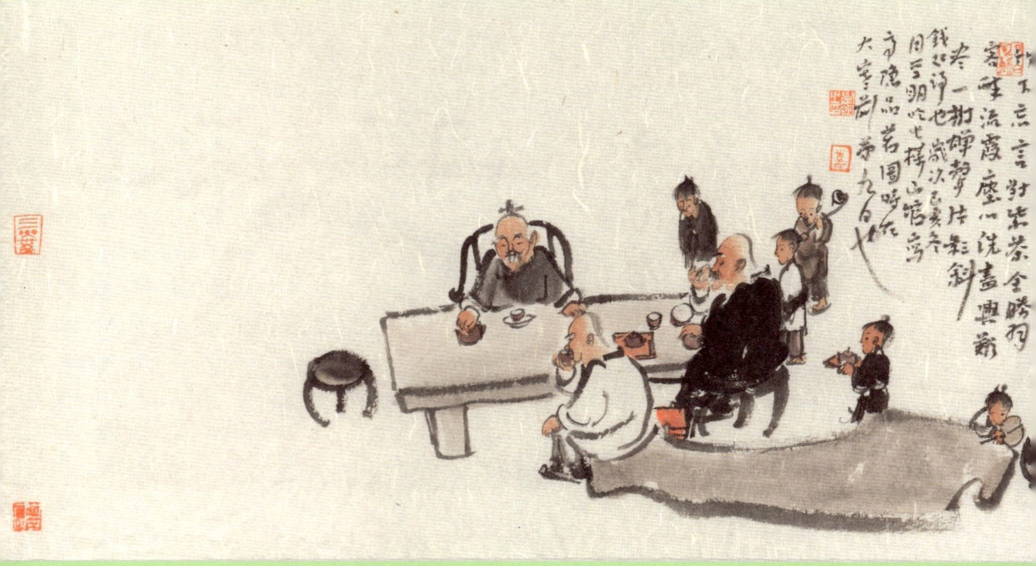

那些老青岛的民间小食

一个时代有一个时代特定的美食印记，一代人亦有一代人心中的乡愁小馔。时序更替，社会发展加速，物质丰盈的时代，美食打破区域界限，东酸西辣，南甜北咸，各路菜系名吃荟萃于一座城市之中。而诸多旧时风味小吃小食，早已悄声离开人们的餐桌和视线，每每忆及，难免生出一番怅然。

一 唯有家常小吃最解忧

小吃，折射出一个地域的市井生活状态，亦是外地人亲近一座陌生城市最直接的方式。对待风味小吃，向来是南方人讲精细，北方人重实惠。

术业有专攻。地方小吃欲在门派林立的美食江湖上站住脚跟，往往得是小店小铺承传祖传专营店并精心打理，方能出彩。名楼大馆多顾此失彼，各有所重。旧时，受物质生活条件所限，无特别隆重之事，人们绝少下馆子打牙祭。即便是小吃，亦非随时皆可食之。

二十世纪七十年代中期，爷爷每月下旬到前海沿朝城路铁路分局开过退休金后，定会顺道拐进不远处费县路上的火车站饭店，给我叫上一碗八分钱的清汤面（阳春面）。爷爷的那碗，是售价一毛四分钱的肉末面，他每月也仅奢侈这么一回，沿为惯例。那年月，老人家辛苦一辈子的薪水不过每月四张"大团结"而已。少时，飘着一圈圈晶莹油花的红汤海碗清汤面，给我留下了终生难忘的记忆。

每个老青岛人的乡愁小食中，都缺不了中山路劈柴院的一碗鸡汤馄饨，我也不例外。二十世纪八十年代初，每隔几个周末，铁中的同学们即会结伴闲逛街里。到了午饭点，通常是直奔劈柴院的馄饨铺，来上一碗热气腾腾的鸡汤馄饨，过一下馋瘾。那时的馄饨虽是廉价小食，出品却绝不含糊，除汤鲜馅足之外，几根手撕的鸡肉丝和一小撮蛋皮丝，是颇令我眼巴巴盼着的。蛋皮丝舍不得一口吃掉，往往咽下一个馄饨，入嘴一根金黄色的蛋皮丝，金贵得很！如今岛城打着"老劈柴院馄饨"幌子的诸多店家，未知几多李逵，几多李鬼。

小港码头莘县路上，过去曾有个街道上办的莘东炉包铺，远近闻名，城区老青岛人不知道的不多。

炉包，岛城旧时地道的小吃。因其个头大，馅料足，焦底，味美解馋，当年大行其道。炉包移至江南后，名字变成了生煎，非但瘦了身，还撒上了遍体的芝麻和香葱，倒是符合富庶之地一贯的饮食做派，讲究！

我爱炉包，过去只爱吃韭菜馅的，最好是韭菜鸡蛋虾皮素馅，加了肉丁也能将就。莘东炉包铺的"白富美"大炉包出锅时的香味弥漫半条街巷，颇诱人，路过时腿会发软，但往往排队的也多，每人购买的量又大，能吃上这一口，得先好好磨一下性子才行。

随着城市化进程的加快，火车站饭店的清汤面、老劈柴院的鸡汤馄饨、莘县路的大炉包、谷香村的大排面、小红楼的蒸饺、天府酒家的元宵等，皆烟消云散，淡出美食江湖。某百年老店的某款小吃虽仍坚守在那条洋房老街上，但出品已俨然团餐的水准。

岂无山歌与村笛？还真有。

岛城本土的旧时小吃，如今安在的，先要数老台东电影院跟前的排骨米饭，目前已连锁经营，味道可圈可点。但我仍钟情其旧址上的那家老店，落座于此，有种时光倒流之感。如此，眼前的呈现就不仅仅是食物了，吃的是不羁的往日情怀啊！

时常让我念念不忘的另一种本土小吃是锅贴。在岛城，提及锅贴，欲彰显其正宗，一般会强调吃"老沧口锅贴"，锅贴被贴上了地域性饮食标签。

饮食界有种约定俗成的说法，南方的锅贴皆源自青岛。这话我信！老沧口锅贴铺是传承近百年的锅贴专营店，仅凭这点，即可笑傲美食江湖。

老沧口锅贴，当家花旦还得数传统三鲜口味。奢侈一点儿，可以是锅贴小宴，三鲜之外，另有虾仁、牛肉和鲜贝，四个品种每样各一两，每两四只，食之亦美。岛城的锅贴店遍地开花，口感各有千秋，但只有吃上一口老沧口的三鲜锅贴，才能找回那份久别重逢之感。食物中暗藏的味道密码，总是那么令人不可思议，为之着迷。

旧时，岛城街头巷尾还有一种售卖风味小吃的流动小摊，随处可见，人们用极廉的价格，便可解一时之馋。

前些年春节期间，在苏州水乡同里古镇，邂逅过一次售卖麦芽糖的小摊,女儿从未见过,兴奋至极。拿在手中,我手把手教她如何把玩,这是我旧时擅长的。

人们对甜蜜食物的渴望,源自童年的味蕾。麦芽糖,老青岛人称作"糖稀",是小时候价廉物美的甜蜜之源。放了学,或是看露天电影之前,花几分钱买上一份,眼巴巴地看着摊贩自糖桶中捞出,插上两根小木棒交在手中,从金黄色一直绞缠到发了白,末了幸福地含入口中,吮食。

最具地方特色的本埠小吃,当推凉粉。放眼大江南北,叫凉粉的小吃颇多,然外埠凉粉在制作原料上以农作物为主,如绿豆、荞麦、青稞。青岛凉粉独辟蹊径,选取天然海洋植物海藻中的石花菜,本地人多称之为"冻菜",有着鲜明的海洋地域特色。

小时候每年春节前,父亲总要熬上一大锅冻菜,用各种式样的碗盆钵盛置凉透,青岛人称作"打凉粉"。干冻菜在熬制前需用锤子轻轻敲打数遍,既可打碎附着在冻菜中的沙石贝壳,亦可破坏其纤维,便于熬制出冻。干冻菜反复搓净后下锅,旺火煮四五十分钟后,用细笼布过滤,冷却后的汁液即凉粉。熬制的诀窍是适时添加两勺青岛米醋。岛城李村大集、崂山王哥庄集和原胶南泊里大集上,均有优质的干冻菜出售。

二十世纪七八十年代,岛城市肆中售卖凉粉的摊点众多,比较有代表性的是中山公园的茶食餐厅、第一体育场门垛前、中山路劈柴院和第一海水浴场等处,以劳动节至国庆节期间为主,暑期生意最为火爆。而最令人难忘的,则是崂山风景区内众多山民的凉粉摊。皆用山泉水熬制,又浸泡在冰凉的山泉水中。爬山累了,坐在山荫道旁凉粉摊前的马扎子上,花上五分钱，来一碗鲜爽滑口的凉粉解暑去乏，伴着徐徐山风，嘴里满是大海的味道，惬意极了。此亦是老青岛人的一个情结和念想。

青岛凉粉在配料上，有属于自己城市的独家秘籍，标配多用米醋、蒜泥、香油、虾皮、胡萝卜末、榨菜末或芥菜疙瘩末拌匀，最后撒上少许芫荽末，其味臻于完美。高配则将虾皮换成崂山金钩海米，多见于本土酒楼餐馆之中。漫长的中国海岸线上，从南至北，以此法食用冻菜凉粉的城市仅有青岛。岭南的汕头南澳则有另一种食法，或加入各种配料，或加入冰红糖水，甜食。

旧时岛城走街串巷的廉价小吃，还常有两种熟制海鲜小食面市：泥板和擂波螺，多用中号金属盆盛装，以小酒盅或小茶碗为量器，两三分钱一份，极鲜美。

泥板，海产泥螺的一种，亦称"泥蚂"，壳薄，多黏液，螺肉伸出壳外，个头似小香螺，青岛土话称为"迷板儿"。江浙沪一带则统称为"泥螺"，并喜施酒醉之法腌制，以"一只鼎"品牌行走美食江湖久矣。青岛地区以食其本味居多，初春时出产为上佳，熟制后于街头零售。

擂波螺，小海螺的一种，三角锥形，个头似普通葵瓜子大小。擂，在此有吸、嘬之意。擂波螺需用牙咬去其尖尾后，从另一头嘬食，故名。擂波螺鲜咸适口，吸食极易上瘾，食后嘴唇上的海咸味久久不去，咂舌留鲜。十余年前，曾在即墨的小商品批发城内街，见一渔妇挎篮沿街叫卖：擂——波——螺！心情为之一动。问价格，答曰，五元一碗。遂快步趋前毫不犹豫拿下一份，当街嘬了起来。食罢，旧时滋味依然。

二　最具人间烟火气息的小食

五彩冻粉，在二十世纪八十年代宴客的餐桌上，是出现频率极高的凉菜之一，无论宾馆饭店还是家宴之中。

我参加工作不久，第一次吃到此物，深喜之。冻粉，是用海产石花菜熬制出来的冻胶，雅称"琼脂"。冻胶干制后，切成薄如蝉翼的微皱状细条片，即冻粉，有冻干的粉条之意，多用于凉拌菜。干冻粉食用前须泡软，切成食指长的小段，与鸡丝、火腿肠丝、鸡蛋皮丝、黄瓜丝等辅料一起拌食，爽口而味美，人见人爱。时父亲在家招待客人，擅做此菜，是最先光盘的热度小馔。未知何故，如今岛上餐馆酒楼中已难觅其踪影。

你方唱罢我登场，各领风骚三五年。快餐时代，人们对待美食的好恶大抵如此。从二十世纪六七十年代甚至更早时代过来的人，口味的选择，却可以用顽固来形容。

大地回春，岛上小海鲜类家族，诸如蛎虾、虾虎、八带蛸、比管、墨鱼豆等蜂拥出水亮相，撩人食欲。冷不丁的，海星也凑了一把热闹，泛滥成灾。海星这种小海鲜从前少有人吃，渔民捕到多也扔掉，其可食部分胆固醇含量超高。

过去老青岛人此季常吃的一种廉价小杂鱼，俗称"黄尖子"，鱼小且多刺，然味极鲜美。黄尖子学名黄鲫，青岛附近海域均产，春秋两季为渔汛，春季的黄尖子鱼色白，秋季产的略黄。黄尖子细刺多而密，最佳烹调之法首选挂糊煎，用慢火将挂了轻糊的黄尖子鱼两面煎透、煎焦，直至细鱼刺酥脆可食用；次选是干炸，炸至酥黄，小刺亦脆，食之满嘴留香。将玉米面煎饼加入春葱后，与炸黄尖子鱼一同卷食，也好！岛上另有餐馆，将炸后的黄尖子鱼肉撕成条，与春天的香椿芽同拌，作为凉菜食之，春之双鲜。

通晓美食之道的经营者，当值一赞。

不时不食。前几日，在鱼市上偶然瞥见新鲜的当季黄尖子，透着鲜亮，瞬间不再淡定。鱼价不贵，果断买回烹炸，连吃三天，余味无穷。适见友人在微信朋友圈中晒图，亦是爱这一口儿之辈，不由得热络交流起来。此是老青岛人同好无疑。

五香灌肚，许多年轻的朋友已比较陌生，时光若退回三四十年前，那可是下酒菜的实力小肴。青岛地区的灌肚，圆球形，双手抱拳大小，外皮多选猪小肚，馅心是加入中药香料腌制过的猪肉糜，用竹签缝住开口，多施以卤熏之法，以老字号"万香斋"出品最为正宗地道，雅称"砂仁宝肚"。当年万香斋曾在中山路劈柴院门洞内设有门市部，逛街里时，必去滑溜一下眼珠子，其所售五香烧鸡和灌肚是我的挚爱。五香灌肚虽味腴，那年代却非一般工薪家庭常能享用。

冻粉、黄尖子鱼、灌肚，这些日渐被大众遗忘的非主流小食，串起了两三代人的乡愁味道。但也总有一些这样的人，守着一份不竭的执念，仍旧在用匠心默默地传承着城市中独特的美食密码。

三　零食留住童年的舌尖记忆

我的童年和少年时代，处在二十世纪七十年代到八十年代初。那时，岛城和国内诸城市差别不大，人们工资普遍较低，多数家庭仅能勉强维持基本家用。未实行改革开放之前，资源有限，商品供应匮乏，故幼时的零食因稀缺而难忘，由寡食而朝思暮想。

二十世纪七十年代初，母亲时常外出开会，家里没人看护我，一般会带上年幼的我同去。会场不便进入，我被暂放在院外的传达室里。怕我哭闹生事，母亲会跑到街口小卖部，买来一小包牛肉干，交到我手上安抚我。牛肉干是纸袋装的，小孩巴掌大小，里外两层，外包装绘有一头老黄牛，特别醒目，售价一毛钱，五香口味。一小包牛肉干中，零零碎碎仅有七八小块，舍不得一次吃光，即取出一块含在嘴里。等到牛肉干在口腔中咂没了味道，才忍心咀嚼，慢慢下咽。这是我记事后，第一样留下深刻舌尖记忆的、可称得上美味的零食。

那时候，人民路小村庄大转盘周围，六路通衢，且邻近长途汽车站，曾是老四方区的第一等繁华热闹之所，亦是我心目中的胜地。国营饭店、副食品店、干鲜果品店、粮店、煤店、绸布店、土产杂品店、理发店、五金店、银行等商铺林立，云集于此。我但凡得几毛闲钱，常来街上逛逛，买点零食解解馋。

比较固定的去处，是大转盘东北侧的小村庄果品店。店里店外，夏天的昌乐西瓜、崂山桃子，冬天的烟台苹果、岭南甘蔗，经常堆得山高，我对水果兴趣不大，多是冲着干果柜去的，以选果脯蜜饯类为主。苹果脯和桃脯，用玻璃纸单个包装，好看，好吃，蜜甜，价格也贵。苹果圈（干）和果丹皮也好。可惜大多数时候以买冬瓜条居多。一来是因为够甜，且分量相对轻；二来主要是价格比其他果脯要便宜很多。冬瓜条上挂着厚厚的白色糖霜，咬一口，晶莹的溏心软软的，甜掉牙。

如今的糖果，城市里已少有人稀罕，旧时可不同。对于我们这代人，小时候糖果亦是紧俏货，通常是家有喜事或过年时方能享受得到。最迷信大上海的产品，视"大白兔"奶糖为极品，市面上传说，七颗糖果就是一杯牛奶。另有一种成卷的水果糖，一卷十粒，圆形，也金贵。纯巧克力，印象中似乎没见过，更没吃过。某年有亲戚自杭州归来，赠"西湖十景"糖果一盒。糖纸设计印制精美，我视若宝贝，一张张摊平后，夹在教科书中收藏，捎带着背熟了杭州西湖十景，至今未忘。北京的大虾酥、海南的椰子糖、青岛的高粱饴，也是佳品。

喜欢的另一类零食是点心类。四方百货大楼的食品柜台我常光顾，趴在柜台上滑溜眼珠子，干咽着口水。没闲钱！卖掉苦心积攒的废铜烂铁后，换了毛票，即快步交给柜台的售货员。最惦记一种两片软饼夹苹果酱馅的点心，叫"娃娃糕"，似与东瀛的铜锣烧是近亲，只是软饼较之后者略硬。心仪的还有长寿糕、小杏元、大米粘等，皆是甜食。

人之五味的形成，大都源于童年的饮食经历。旧时喜欢吃的零食，可能伴随人的一生。

前几年，偶过河北路上的岛城老字号"生活林"，忽然发现其一直坚守着传统食品的阵地，娃娃糕、长寿糕、江米枇杷梗、萨其马、杏元、"眼镜"等阔别已久的往日小食常年应市，口味依旧。

营业员对我说，顾客都是来寻觅儿时味道的"老青岛"。

四　故乡的食物

有些食物消失了。

秋之时节，崂山北九水蜿蜒的山路上，凉风习习，清溪潺潺。一辆微面停在山荫道旁，一位中年山民正在一棵老树上摘果子。车门大开的车厢里，有多半篮无花果、小半篮黑色的果子，忍不住伸手摸了一颗黑的放进嘴里，是软枣！久违的滋味！崂山的软枣个头大，甜度高，若搁在四五十年前，此物多串成糖球沿街售卖，价格比山楂糖球要便宜，比山药蛋糖球略贵。小孩子们都买得起，也爱吃。如今，软枣糖球和山药蛋糖球都难觅其踪了。

小时候常吃一种炒面，现在很少见到有人家食用了。

炒面，并不是炒的面条，是炒面粉。二十世纪七十年代面粉也分等级，特一粉、特二粉、标准粉、普通粉种种。平民百姓炒的一般是普通粉，有时还加一点儿黑面。炒面用一口八印大铁锅，燃柴，面中会添上一点儿红糖，干炒，火候比较难把控，炒至七八成时，面香弥漫厅堂，那是童年时家的味道。面炒熟后，用开水冲着吃，糊糊状，极黏稠，喷喷香，奶奶尤精此道。

我自小跟着奶奶爷爷长大。奶奶原籍胶州，嫁至青岛。她生于宣统元年（1909），长相清秀，手极巧，亦擅女红。奶奶的强项是做各种民间面食，馒头、卡花、枣饽饽、包子、饺子、擀面条自不必说，二月二炒棋子，五月端午包粽子，七夕节烙饽饽槕子，做槐花饼、单饼、发面饼等等，她都在行。她的拿手好戏是烙葱油饼，奶奶称其为"瓢子饼"。瓢子饼两面起焦，抹上油盐，撒把葱花，燸熟烙透后，层次分明，空口吃味极美，连掉在桌上的焦屑也不浪费。

二十世纪七十年代，粮油凭票供应，普通人家能吃上白面实属不易，每月总要掺上几顿粗粮，黑面、地瓜面、苞米面都有。黑面蒸成馒头；地瓜面窝成窝窝头；苞米面贴在锅边，糊成饼子，也可熬成苞米面粥。都挺难吃！改善生活时，奶奶会包上一顿糖包，白面，三角形，中间起三个面褶，也叫糖三角。糖三角，顾名思义，馅儿是红蔗糖，偶尔也包顿白砂糖馅的，更金贵。小孩子对甜蜜的食物尤其依恋，凡是甜食皆当美味，吃一顿糖包，高兴得像是过年一样。

和糖三角差不多光景的，是甜豆包。豆包，馅心是红豆，但不是如今的豆沙包。甜豆包个头和大包子差不多，形状更圆，红豆馅儿为颗粒状，未碾成细沙，吃起来满口货，既香又甜，也瓷实。甜豆包馅中要添一点儿糖，糖供应紧张时，也可添一点儿糖精。很好吃。

糖三角和甜豆包这对老朋友，想来也是多年未见了。

靠海吃海。小时候印象中的海货是各种冰鱼，以带鱼、鲐鲅、小杂鱼居多。有一年，国营菜店后院里进了一卡车对虾虾头，售价仅三分钱一斤，少有人问津。对虾头没油水！那时一年到头常吃一种盐渍小鲭鱼干，至多一拃长，样子扁平，细刺多而密，极咸，空口吃不得，太齁人。家里多是将鲭鱼干蒸着吃，熥上一遍又一遍，很下饭。到了冬天，将鱼干支在炉圈上烤着吃，烤出鱼油，烤干烘焦，连刺也能下咽。

如今生活好了，咸鲭鱼干也随之遁迹于市。

六七年前的一个重阳节，我随文联大沽河采风团行至胶州少海，晚餐落座在友人的一爿农家小院，朋友端上来一笸箩飘着葱油香气的面食，那味道直抵肺腑，瓢子饼！我忙不迭地抓起一块塞进嘴里，全然不顾吃相。这是一张真正的瓢子饼，虽时隔四十多年，但完全是熟悉的奶奶的味道。一刹那，我的眼泪跟着就要流出来了。

我们是失去故乡的一代人，只能把出生地当作桑梓地。奶奶勤巧的手艺，成就了我对故乡味道的记忆，让我有了有迹可循的家乡味道、家乡小吃、家乡念想，不然，我们的灵魂将如何安放？

齐鲁乡味

二十世纪九十年代初，在驾车赴京的途中，路过滨州的惠民县。时正值午后，一行人饥肠辘辘，在县城里停住车，四下寻找饭店，打尖儿。

选中一家叫孙武温泉大酒店的餐馆，落了座，问服务员当地有什么特色吃食，答道，五香酱驴肉。原来惠民百姓食驴肉有百余年历史，沿为传统，蔚成风尚，食材多来自内蒙古和东北一带。食谚说："天上的龙肉，地上的驴肉。"龙肉指飞龙，日常不容易见到；驴肉虽经常听说，但当时也未曾吃过。当堂叫了一份，凉食。驴肉端上桌，直径一尺大的白盘，分量很足，切成滚刀块，酱色浓郁。入口有一股淡淡的中药香气。初品是咸的，慢慢地回甘，咂摸着，鲜味就出来了。驴肉不腻不柴，比酱牛肉更筋道。一行人风卷残云，大盘很快见了底，大家一致要求，又添了一盘。初食驴肉，留在舌尖上的那种不可言传的鲜劲儿，着实难忘。

万里黄河，浩浩汤汤，流经惠民之南。《诗经》记载："岂食其鱼，必河之鲤。"可见食黄河鲤鱼历史之悠久。此行另一个意外的收获，便是品尝到了传说中的糖醋黄河活鲤鱼。

这家酒店的店堂与厨房仅一墙之隔，我们落座的八仙桌，正对着厨房的传菜口。透过玻璃拉窗，忽见厨房里的七八位厨师齐刷刷地围在了灶台前，一位年长的老厨师正在炉火前全神贯注地烧油炸鱼，勾起了我们的好奇心。一问，才知他是店里的"一把勺"，正在为我们烹制糖醋黄河活鲤鱼。女服务员笑着说，老师傅平时很少上灶烧菜，听说是青岛的客人点名品尝这道名菜，才亲自下了厨，亮亮手艺。年轻的厨师们自然不会放过难得的学艺机会。这道菜不但是惠民地区的经典特色菜，同样也是鲁菜中扛把子的大菜之一。

糖醋黄河活鲤鱼吱啦吱啦冒着热气上了桌，昂首翘尾，模样可爱。这回轮到厨师们好奇了，呼啦一下子，全趴在了出菜口，张望着，看我们下箸，等待我们的点评。食罢，我们不约而同纷纷伸出大拇指，给予高度褒扬，并向烧菜老师傅敬了支香烟表示答谢。老师傅接过烟，看了一下烟卷的牌子，并未抽，随手夹在了耳朵上。我们又点了一支烟递给他，他才笑着抽了起来，眯着眼，品咂着我们的喋喋夸赞。而我们无疑享受到了一次超值的美食体验。美食，有时候就是享用者与创造者之间的心灵碰撞和交流。这顿饭，连酒带菜统共消费六十多块，划算到心跳，能记一辈子。

"当哩个当，当哩个当，闲言碎语不要讲，咱表一表好汉武二郎。"十几年前，我第一次到聊城，慕名顺道造访了《水浒传》中的名城阳谷县。

景阳冈因武松打虎而闻名天下，在阳谷县城东。此地古树参天，颇有几分肃杀之气，现存山神庙、三碗不过冈酒肆、武松打虎处等旧迹，目测皆古老沧桑。

在紧邻景区的一处平房土菜馆里，邂逅了一款当地名菜"铁公鸡"。铁公鸡即熏制后的扒鸡，水分少、皮皱、肉干、无弹性、药香浓郁，据说可贮存一年左右而不变质。这种熏鸡入味深透，吃上一口，陈香绕舌，既可下酒，又可佐餐。老舍先生平时喜欢给人给物起名字，尤擅嵌名联。食过此地熏鸡，当即赐名"铁公鸡"。估计是取其"色如铸铁，既瘦又硬"之意，很贴切，亦上口，也够幽默。

武大郎烧饼在当地知名度更高，名著《水浒传》《金瓶梅》中屡有描述，原先称"武大郎炊饼"，成品色黄酥脆，遍布芝麻，饼芯空鼓，可撕开夹入咸菜食之。此地咸菜也大有来头，称"潘金莲咸菜"。原料取材于鲁西特产五香疙瘩，切丝去咸味，放入葱段、姜片、八角、老抽、味精，再加入特制花生油，上笼蒸四十分钟即成。其色乌黑发亮，咸鲜适中，香而不腻，与武大郎烧饼是绝配。由此，亦可窥见当地人的淳朴善良和风趣诙谐，凭借黄金搭档的一饼一菜，将武大郎和潘金莲的名字联系在一起，旁人永远也别想拆开。得家乡人如此厚爱，大郎若九泉有知，总可以瞑目了。

"泰安有三美，白菜豆腐水。"

二十世纪八十年代中期，乍到泰安，在与岱庙一墙之隔的御座宾馆，当地朋友指着桌上的一道汤菜，对我道出了这句当地名谚。白菜、豆腐、水，再普通不过的大众食材，如何称得上"三美"？

泰安的豆腐，选用手工小石磨和泰山山泉水把大豆磨成浆，古法细做，成品后如脂似玉，鲜嫩度堪比日本豆腐。白菜，取当地的青芽白菜或象牙白品种，脆嫩，清口，微甘。这款菜的灵魂是汤，汤是用泰山山泉水调制的清汤。俗话说，厨师的汤，唱戏的腔。鲁菜向来以吊汤见长，其汤中极品，汤清而味极鲜，是厨艺老到的真功夫。有这三样上等食材的精选搭配，泰安三美岂能不美。咂一口汤，鲜出了新境界！

对美食有所钻研的老饕，对于泰山赤鳞鱼的名头想必不会陌生。赤鳞鱼，泰山独有的珍稀野生鱼种，生性机敏，生活在山涧的溪流中，自古有"赤鳞鱼不下山"之说。该鱼长不过一拃，肉细，刺少，无腥，味甚鲜。二十世纪八九十年代多作为野生鱼入馔，汆汤，煎炸皆妙，食过一次，口舌生津。崂山珍稀名品仙胎鱼可与其媲美，后者有嫩黄瓜的清香气，也是孤品。

鲁中淄博为齐国故都，齐乃战国七雄之一。淄博美食传承有序，历史久远，酥锅是其经典代表。酥锅选用砂锅烹制，鸡鸭鱼肉烩于一锅之中，我最爱其中的海带和莲藕，吸足了锅中精华，酥烂软糯，配上一碗白米饭，妙绝！博山豆腐箱也是淄博名菜，我总觉得，岭南客家人的传统菜"客家酿豆腐"是从博山豆腐箱演化而来的，做法上大同小异。

与美食江湖中的大菜名馔相比，最让我感到惊艳的，却是在临淄一座山中的农家宴上初次生食的马踏湖白莲藕。此藕白似玉，清脆、甘甜，最宜生吃，一拍粉碎，藕断丝不连，食之无渣。平生食藕无数，山东微山湖，江苏太湖、高邮湖，杭州西湖，武汉东湖……这些湖出产的莲藕在马踏湖白莲藕跟前，多要自惭形秽。

"西边的太阳快要落山了，微山湖上静悄悄。弹起我心爱的土琵琶，唱起那动人的歌谣。"二十年前，我第一次见到烟波浩渺的微山湖时，情不自禁地哼起了这首老歌。

微山湖以盛产各类鱼虾鳖蟹闻名，湖中散养的麻鸭属禽中名流，其衍生出的微山湖松花蛋、咸鸭蛋，是颇为抢手的地方名优产品。微山湖地区民风淳朴，待客掏心窝子，以湖畔上的渔家宴最显风情。

微山湖上人家视湖中的鮥鱼为珍品，远客贵客到，定会想办法捕来烹制，多施以红烧之法。鮥鱼，形体类似于海中的小黄鱼，个头不大。苏州太湖流域也有这种鱼，当地人称"塘鳢鱼"，喜初春油菜花开时食之，奉为上品。高邮籍的作家汪曾祺也写过它，他说他家乡称它为"昂嗤鱼"，人们并不怎么待见它，价贱如泥。四川人爱吃的黄腊丁也是它。微山湖原生态的红烧鮥鱼，鲜美味腴，有人间烟火气。

馋人有口福。这顿渔家宴的点睛之笔，是一大盆红烧甲鱼。甲鱼是微山湖里野生的，目测约有四斤重，用二十世纪七八十年代家用的搪瓷洗脸盆呼啦啦盛端了上来，散发着诱人的异香。紧接着，是一脸盆红烧微山湖野鸭子，两道硬菜，以更硬的乡土体验方式呈现，沾足了微山湖上的野逸之气。如此畅快淋漓的饮食场景，哪怕一生中仅经历一回，也会在食路历程中瞬间定格。

素食之惑

如何调理身体、营养健康饮食，一直是社会大众关注的焦点话题。现今禁食野味和少食肉类的呼声日隆，食素亦被越来越多的人所接受和喜爱。不少城市中的机关和社区食堂应时开设了素食餐厅，引领饮食风尚。

商业性质的素食馆大体上分为两类，一类是依附于名山寺庙而开设的"斋饭"馆，食客多出于好奇尝鲜，偶尔体验；一类是较发达城市中格调高雅的素食餐厅，品质上相对高端和小众。

素餐的发展说来话长，历史上，不少古刹寺庙都贡献过传世的素食名菜。日本的国民美食纳豆，相传是唐朝鉴真和尚将中国的豆豉传入日本，经改良后，演变成为今天的纳豆，并首先在寺庙中流行开来。纳豆传承千年，如今已成为日本最重要的传统食品之一。

粤菜名品"罗汉斋"源于寺庙。唯肇庆鼎湖山庆云寺之出品传颂时久，食格出众，故被称为"鼎湖上素"，原材料多是蘑菇、草菇、香菇和银耳、木耳、石耳、竹荪、竹笋、玉米笋等中高档菌菇。亦曾见过粤厨有添加黄耳和发菜的，实更为讲究。昔年盛夏，曾慕名探访过岭南鼎湖山，此地山幽、草绿、潭清、负氧离子含量极高，是名副其实的天然氧吧、世外桃源。"天下名山僧占多"，名菜出自名山名寺，亦不足为奇了。

随园主人袁枚曾言：烹制素菜宜用荤油，烹制荤菜宜用素油。有些道理。

过去时日，斋饭素餐曾吃过几回，留下特殊的往昔记忆。约在十几年前，因慕溥心畬之画，特去北京郊外寻访有"天下第一坛"之称的戒台寺。溥儒这位昔日的"旧王孙"，曾在该寺牡丹院中隐居十年之久，终日食素礼佛，潜心书画，终成一代宗师。谒观之余，顺道造访了千年古刹潭柘寺，亦在其幽深禅院中初次体验了一回斋饭。

"先有潭柘寺，后有北京城。"

皇家寺庙出品的"斋宴"果然注重排场和仪式感。八道冷盘，十几道热菜，干果点心琳琅满目，摆盘考究，出乎我的意料。除蔬菜之外，扒熊掌、葱烧海参、扒鲍鱼、烤肉串、红烧排骨等诸多"荤菜"，造型惟妙惟肖，让初食者不免心生诧异，其实皆是以豆制品和面筋等仿制而成。

另一次，在本地一座重建后的寺庙斋膳房中，由禅院当家住持作陪，亦食素食仿荤菜之类。如此看来，寺庙中的斋宴，形式内容相差无几。此类斋饭因过分注重食物的仿真，不可避免地忽略了食材的本味和口感，出品上差强人意，非食之上选。

天下珍馐属扬州。"淮东第一观"扬州大明寺的素食，素有嘉名，受朋友之邀，多年前一直想去尝试。有感于寺庙斋饭菜品的雷同，与朋友商定后，选择了瘦西湖畔，一家叫"素慧"的素食馆，前往一探究竟。

素慧，名字有些禅意，店内氛围尤为清雅。更令人感到惊艳的是餐厅饮食的出品，在尊重食材新鲜和本味的同时，厨师的生花妙手令每道素食皆如艺术品般呈现，使人不忍下箸。玉米胚芽沙拉、奶油花菜，金沙豆腐、南瓜燕麦米，中西烹调之法完美融合；餐前四味、红烧藕圆、黑松露炒饭、双麻酥饼，赋予传统淮扬菜点以新意或诗意；一盏杨枝甘露，一盅冻海棠，甜品双璧，华丽收官。

以梅子青釉的全套瓷器盛衬，令素食锦上添花。此种雅宴可遇不可求，此番亦领悟到了食材"有味使之出，无味使之入"的精髓。

风味人间

算起来，不远不近的莱西市，竟有十余年时间未再踏足过。骨子里，我尤偏爱旅行，向往独自游走，放飞心情，能远则远，当近可近。到末了，落下个难愈的心病，每看游览地图、交通图和旅游攻略类书籍，立马心跳过速。麦熟时节，又一次踏上赴莱西乡村的旅途，心潮难免会澎湃起来。

对职业老饕来说，我的期待和心思自然离不开美食。昔年曾在莱西初次见识了未孵出小鸡的"坏蛋"，黑不溜秋的，竟也能囫囵个吃。不少"坏蛋"已生出细微的绒毛，当地人称之为"毛蛋"，引为大补之美食，令我眼界大开。莱西饮食之生猛粗犷，可窥一斑。

车过一个自然村，正赶上村集，刚刚出土的山芋、落花生，新鲜采摘下的黄瓜、芸豆、西红柿透着田野间的鲜香，吸人眼球。那一刻，真想跳下车来实地打探一番。

此行的目的地叫夏格庄，与即墨搭界。坊间传言，此地是有名的美食之乡。

忙完了正事，午餐时分，终于坐到了农家宴的桌前，一碟双黄蛋率先引起了大家的好奇心。按理说，双黄鸭蛋并不稀奇，稀奇的是，这里的双黄蛋一个蛋黄是沙沙的咸鸭蛋，另一个蛋黄却是糯糯的松花蛋，一蛋双味，一味一格，好看又好吃，别处未曾见识过。

不得不说，此餐中的乡村烤鸡、熏猪头肉等，称得上是地方风味美食，几道土菜亦可圈可点，表现不俗。食之留下至深印象的，却是一道酿黄花鱼。

我在广东顺德乡间吃过一次酿鲮鱼。

制作酿鲮鱼，须小心地从鱼肚处切开，将整张鱼皮完整剥下，不能有一丝破损，这乃是考验厨师手艺优劣的试金石。将鱼肉剁成肉茸，加入火腿、香菇、马蹄丁等配料，重新塞入鱼皮中，码好鱼形。下锅烹制后，品相完美，味道更是好得呱呱叫。这道酿鲮鱼是顺德的经典传统菜肴。

夏格庄的酿黄花鱼又是什么来头？

酿鱼上桌，主人让众客猜猜制作方法，我猜是顺德酿鲮鱼的翻版。竟然错了！仔细一看，鱼肚部分不见一丝切缝，鱼皮完好如初，食客们大呼不解。

是从鱼嘴中把鱼肉掏出来的！主人揭开谜底。

这功夫了得！众人啧啧称奇，在如此偏远的乡村小镇，一道酿黄花鱼成为美食江湖中的传奇，高手果然在民间。

与莱西乡下风味菜有一拼的，是贵州安顺的屯堡土菜。说起来，屯堡菜系的原始基因，可追溯到六百多年前的南京城。在饮食上留下蛛丝马迹的，是一道叫作"寡蛋"的食物。寡蛋是未孵出小鸭的"坏鸭蛋"，据说仅南京和安顺等地擅食此物。

安顺的确是个容易让人起念想的地方，所谓美景与美食不可辜负，此地已都占全。我甚至都不敢去想那些满带着人间烟火气息的各色吃食，若不经意间想了，纯粹就是折磨自己。

有人的地方,就有江湖。安顺的美食江湖,门派林立,山头众多,什么小吃系、汤锅系、家常系、过街系,天天都在或明或暗的街面上,上演着华山论剑、嵩山比拳。

腊肉血豆腐是屯堡菜的代表作之一,制作上亦颇费工夫。贵州人普遍嗜腊肉,此地的腊肉先腌制,后以松针熏烤,愈久愈香。血豆腐则是把嫩豆腐捣碎,加入新鲜猪血,调拌后用菜叶包裹,同样用松针烤熟。

撩人的香味已被渐渐逼出,口水跟着也快溢出来了,这还不能吃!将两种原料切片,一片腊肉盖住一片血豆腐,码好入锅燣透,腊肉的油脂慢慢浸入血豆腐之中,相互成就,各自芬芳。先熏再蒸之法亦减少了对肠胃的刺激,终成一道传世美味。

无论南方北方,皆有食野虫之习俗。最具野逸之气的,窃以为是旧时的烤蚂蚱。野外就地取材,用小木棍串烤,香极了!某年在栖霞牙山深处食过一次"全虫宴",蝗虫、蚂蚱、蚕蛹、豆虫、竹虫、知了猴等十余种虫叠满陋桌,就着山林暮气,印象至深。广东餐馆中曾见过一种野虫,称作"龙虱",黑黢黢的,模样颇令人反胃。似蟑螂,亦似北方之"臭大姐",细思极恐,未敢尝试。平生于食材惧者无多,此为一例。闻粤人将此物炸食,可治小儿尿床,老广们多喜啖之。难以想象!

漫话菜名

传统的中国饮食菜系最初有四大门派，分别是鲁菜、川菜、淮扬菜、粤菜。再往后，浙菜、闽菜、湘菜、徽菜异军突起，渐入佳境，形成了现在公认的"八大菜系"。时势造英雄，近些年，不少地方菜系摩拳擦掌，独立门户，摇旗呐喊，在美食江湖上掀起了一场场华山论剑，欲争得一席之地，诸如杭帮菜、上海菜、重庆菜、顺德菜、陕西菜等等。

中国菜的菜名，凡上得了台面的，以烹调方法加食物原材料命名者居多数，糖醋里脊、清蒸鲥鱼、软炸虾仁、油爆螺片、拔丝苹果、锅塌豆腐、卤水鹅头等皆属此类，言简意赅，通俗易懂。另外一种以原产地地名加原料命名，多为经典名菜，传承有序，历经千锤百炼，如北京烤鸭、西湖醋鱼、常熟叫花鸡、淮安软兜、无锡排骨、梁溪脆鳝、扬州炒饭等。软兜，特指黄鳝的颈背肉；梁溪，则是无锡的古称。青岛名吃流亭猪蹄制作工艺沿袭百年，知名度日隆，也算。

有一类菜名，起名时使用了一点儿夸张的手法博人眼球，也上口易记，典型代表是鲁菜九转大肠。九转，形容菜品烹制过程之繁复，并非非要转上九次，名字起得相对文雅。相似情形的，还有淮扬菜的狮子头。最夸张的，是闽菜的头牌大菜佛跳墙，曾有诗曰："坛启荤香飘四邻，佛闻弃禅跳墙来。"极尽夸张之能事。广东人把油条叫作"油炸鬼"，就有点吓人了。

把吃喝上升到饮食文化的高度，从菜名中也可窥一斑。比较有意思的一类菜肴命名是与人有关的，这里说的人大都属资深饕餮客，当然也得是名人，菜以人显，人以菜传。闻名的有东坡肉、东坡肘子、云林鹅、万三蹄、宫保鸡丁、伊面等。东坡，是妇孺皆知的苏轼，其文章、书法、绘画、诗词俱佳，被尊为一代宗师，此外，他还颇谙美食之道，故事趣闻亦多。云林，则指元代大画家倪瓒，他不但擅吃会吃，还著有一部菜单《云林堂饮食制度集》传世，可谓一代跨界传奇。万三，元末明初富可敌国的江南富豪沈万三是也！蹄，即蹄髈，人在水乡周庄，满眼皆是酱香浓郁的万三蹄，是古镇名吃。宫保鸡丁乃家喻户晓的传统名菜，其菜经清代山东巡抚、四川总督丁宝桢改良后传世，原为丁府私房菜。丁宝桢治蜀十年，为官刚正不阿，多有建树，于光绪十二年殁于任上。清廷为了表彰他的功绩，追赠其太子太保衔，太子太保是"宫保"之一，故名。

二十世纪八九十年代，市面上曾有一款方便面畅销流行，正黄色的塑料包装袋，特显眼，名曰三鲜伊面。伊面的"伊"，是指清乾隆年间的书法大家、扬州知府伊秉绶。他原籍福建汀州，伊面相传是其家厨所创，取名为"伊府面"。后来的方便面从伊面脱胎而来，最终载入饮食史册。

此类菜品命名当然也有例外，并非全与名人有关，麻婆豆腐即是成功"逆袭"的一例。陈婆，脸上有麻点，且擅烹豆腐，人称"陈麻婆"。由此看来，菜名有关名流大家的，多取名人的姓名字号；而普通百姓则直接用其诨名了。这可真是看人下菜碟呀！

中国菜的命名也有其偶然性。有一类菜名起得匪夷所思，如"摊黄菜"。二十世纪八十年代我做餐饮那会儿，碰到一位客人点了一汤两菜，分别是西红柿鸡蛋汤、木须肉和摊黄菜。虽然这位食客不晓得摊黄菜差不多就是摊鸡蛋，他在不知情的情况下点的三道菜，主料都是鸡蛋。为避免出现这种尴尬局面，店家的善意提醒告知尤为必要。

二三十年前，我所在的单位食堂里常见的一款大众菜，叫蚂蚁上树。初见此菜名时不知所云，有的女同事以为是吃蚂蚁，心生畏惧。蚂蚁上树说白了就是肉末烧粉丝，属川菜。粉丝是细粉，多选龙口粉丝。不知当初起此菜名的人心里是如何联想的。后来，在某些饭店的菜单上也见过此菜名，若不加解释，食客绝对想不到原材料到底是啥。

毋庸置疑，菜名亦有高低雅俗之分，莼鲈之思、诗礼银杏、雪花蟹斗之类的菜名，透着一丝文气。把油淋鸽子和卤鸽蛋放在一起，起名"母子相会"，有点令人啼笑皆非。油焖虾虾须连着鹌鹑蛋，称"虾扯蛋"，则有些黑色幽默的成分。菜名"波黑战争"，相信食客听了绝对是一头雾水，其实那不过是一道菠菜炒黑木耳，噱头而已。

馅饼粥

北方人的日常早点,馅饼油条是主力品种,价廉味美,充饥解馋。搭配方式上,油条多佐豆浆,馅饼最宜配粥,岛城中山路老字号清真饭店干脆以"馅饼粥"为店名,简单直白,一目了然。

花开两朵,单说馅饼。

馅饼多为早餐食品,北方地区一般分肉馅和素馅两种,均咸口;江南一带另有豆沙馅饼,甜的。

我喜欢素馅馅饼。以萝卜丝馅最合心意,萝卜须是青萝卜,白萝卜则不对味儿。以青萝卜丝入馅的食品里,我认为馅饼当拔得头筹。

馅饼配的粥,咸口为上,原味为中,甜口居下。北方之粥向来以原味为主,咸味和甜味为辅。食馅饼,最宜搭上甜沫。甜沫,齐鲁大地的经典特色风味之一,在小米面粥中添加卤水花生、黄豆、豆腐泡、龙口粉丝、菠菜等配料,起锅时加入胡椒粉提鲜,虽是咸味,却以甜沫命名,令外地客颇为费解。

岛城馅饼有煎、炸两种,均较为油腻,喜食者亦要适可而止。干烙或烘烤而成的馅饼,北方人多称之为"火烧",两者相当于堂、表兄弟吧。

可以清淡，不可以寒酸，是贵州安顺人的食经。安顺地处偏远，历史悠久，小城生活节奏不快，人们大都较安逸。对待日常饮食，他们从来不会含糊和将就，所以才有了"贵阳的穿着，安顺的吃喝"这句经典民谚。

安顺有一种特色小吃，将馅饼与粥搭配融合，吃法却有别于他处，名曰"油炸粑稀饭"。先说油炸粑，其面皮是糯米粉，馅心是红豆沙，包裹摊平后放入油锅中烹炸，制作工艺与馅饼大同小异，重点是吃法。此地的稀饭用米面煮成，黏而稠，更似北方人吃的"糊糊"。店家将稀饭盛入碗中，油炸粑趁热横竖各切两刀，顺势放入稀饭里，再撒上苏麻和精盐粉末，最后浇上一勺滚油，"哧！"一股白烟升腾，食客忙不迭地开吃。稀饭的软热、油炸粑的酥脆，一干一湿，达到阴阳平衡，也减轻了油炸食物对肠胃的刺激。此食法，安顺街头为仅见。此亦是背井离乡的安顺人心心念念的乡愁小食。

"君到姑苏见，人家尽枕河。"我对古城苏州的美食向来是高看一眼，只因此地人千百年来顽固地坚守着不时不食的饮食传统，糕饼面看，食精脍细，且文化内涵丰厚，令人心系之、向往之。

饮食上，南方人讲究少吃多滋味，北方人则素重经济实惠。前些年的春天，在吴中东山宾馆见识了苏菜烹饪大师黄明团队制作的一款馅饼，经年间虽十余次往返姑苏，却从未听说过，更不要说品尝过了。盖因此馅饼制作须谨遵时令，面市期极短。

此饼名"酒酿饼"，以甜酒酿发面，于铁锅或电饼铛中干烙而成，大小如北方之家常饼一般，袖珍可人。我嗜甜食，在玫瑰、豆沙、薄荷诸馅中，最爱玫瑰酒酿饼，因玫瑰花馅中多嵌入一小块糖猪油，食来肥润甘饴，酒香扑鼻，花香满口。这本色的江南味道，吃过一次，能记一辈子。酒酿饼多在春末夏初上市，苏州百年老字号采芝斋依例会应时增设外卖窗口，排队食客之众叹为一景。若错过了时令，则要眼巴巴地等上一年。

　　清代美食老饕李渔在《闲情偶寄》中曾言："糕贵乎松，饼利于薄。"我看倒也未必能一概而论。世界这么大，只是馅饼这一样东西，谁又能吃得过来呢？

叹早茶

食谚道："早餐吃好，中餐吃饱，晚餐吃少。"不无道理。广东话讲吃早茶，称为"叹早茶"，这个"叹"字，包含享受的意味。故广东人享受生活，是从早上一睁眼便开始徐徐拉开序幕的。

因为从事餐饮行业，在改革开放之初的二十世纪八十年代，我就接触到了粤式早茶，时岛城涉外大饭店如王朝、黄海等，应大量涌入的粤港食客所需，皆高薪聘请了广东师傅，开设了粤式早茶零点。几年后，海天、东方等更多新建涉外饭店亦加入，吃粤式早茶一时成为那个年代时髦又轻奢的饮食风尚。真正由广东人主理的粤式早茶店，第一体育场西南侧的大同酒家算是比较火爆的一家，不知其与同名的广州老字号有无内在关联。二十世纪九十年代初，我第一次请恋爱对象吃饭就是在此吃的早茶。餐厅清一色的白桌布，干净整洁；晶莹剔透的潮汕粉粿、萝卜糕，鲜香有弹性的虾子烧卖、水晶虾饺，在舌尖上留下了鲜活印记，自此爱上粤式早茶。当然，对象也谈成了。

岭南诸地和老广州人吃早茶有三件宝：汤粉、虾饺、萝卜糕。基本逢吃必点，也能反映出一家早茶餐厅的水准和档次。奢侈一点儿的，可添虾子烧卖、豉汁蒸凤爪、蜜汁叉烧包、流沙包、豉汁蒸排骨，外加艇仔粥、及第粥、皮蛋瘦肉粥、柴鱼菜干粥等。叉烧包、蛋挞、虾饺和烧卖，亦被称作粤式早茶的"四大天王"。

早茶出品要靓，定得现做现卖。食物一旦下了冰柜，出品口味立马打了折扣。制作粤式早茶的师傅们辛苦异常，清晨两三点钟就得起早准备食材，面要现发，肉馅要现剁，虾仁要现剥现处理。即做即食，是粤式早茶味道的灵魂所在。

叹早茶离不开饮茶。老广州所称"一盅两件"之一盅，即指一盅茶，当地人一般以饮云南普洱熟茶居多，茶性温，酽酽的，去油腻。广东当地产的凤凰单枞，以及福建乌龙、武夷岩茶等也被早茶食客所钟爱。我的"一盅"，喜清香馥郁的高山乌龙，饮罢体内清气上升，解腻又解渴。两件泛指两种点心。我的"两件"通常雷打不动，一件是水晶虾饺，每个饺子内一只整虾仁，佐以鲜肉鲜笋馅料，满口货！那个鲜劲儿自不必多说，饕餮客们心知肚明。另一件是豉汁蒸凤爪，亦有称"酱皇蒸凤爪"者。这一道用料更加讲究，软烂入味的虎皮凤爪，下垫生花生米，一同入蒸锅，花生米接住并吸浸了腌制凤爪蒸后流出的鲜酱汁，艮悠悠，香喷喷，真是搭调得很！广东人对待吃这件事情，可谓是用心用脑，用情用力，食在广东，名不虚传。

某年金桂飘香时节去广州，住在花木葱茏的白云山上。早上晨起跑山时，瞧见一大拨晨练结束的老人家，三三两两来到山腰处的一家早茶餐厅前，等候餐厅开门纳客，老广州称此为"撩位"。餐厅大门一开，老人家们快跑冲进餐厅，抢占自己熟悉的老位置。坐定后，冒着热气的粤点餐车也来到了跟前。如此，已成为老广们日常生活的必修课了。这种情形在广州老市区大众化的早茶餐厅也十分普遍。我曾在广州越华路一间老字号早茶店内，见一位八十多岁模样的老阿婆，独自在叹早茶。老人家眼前只一碗老火靓粥，外加一碟牛肉肠粉，吃得慢悠悠的，像是电视在回放慢动作。她惬意地消磨着时光的神态定格在我的记忆深处，不曾磨灭。

　　四方食事，不过一碗人间烟火。我喜欢叹早茶和早茶餐厅里的那种市井氛围，有扑面而来的人间烟火气息。当茶水滚起，白烟冒出，啜在嘴边的便不仅是一味茶、一客小笼，而是一种羁绊和情怀了。

五味杂陈

酸甜苦辣咸，是谓"五味"。传统饮食上，东酸西辣，南甜北咸，各有所重，各取所爱。

"三天不吃酸，走路打蹿蹿。"此是贵州一带的食谚。贵州人饮食上喜酸有其历史渊源。旧时，黔地不产盐，盐价奇贵，有"斗米斤盐"之说，即一斗米换一斤食盐。百姓为满足调味之需求，家家自腌酸菜，制作酸汤，以酸代盐，蔚然成风。苗寨的"酸汤鱼火锅"即其典型代表菜，红酸汤的主料是西红柿，若选野生小柿子，营养开胃，风味尤殊。

以食酸闻名的地区，大东北绝对算一个。东北人喜食的酸菜，原料是大白菜。酸菜可作为配菜烹制菜肴，亦可独自充当主角，下饭。以酸菜入馅，包包子、饺子，也好。

山西和镇江以食醋闻名。山西人偏爱老陈醋，嗜醋如命，吃啥都爱搭配这口儿。去太原出差，和当地朋友一起吃饭，菜没上来，这老兄已干了两小碟醋。票证时代，青岛人过年会照例供应五瓶青岛啤酒，山西人则供应一斤陈醋，地方饮食特色一目了然。镇江人喜食香醋，所谓镇江三宝即"香醋、肴肉、锅盖面"。吃镇江肴肉，必蘸加了姜丝的镇江香醋，也是一绝。

鲁菜名馔酸辣乌鱼蛋汤，配料的灵魂是优质酸黄瓜。陕西的岐山臊子面、甘肃陇南的荞麦杂汤面，也都是酸口。

南方人偏爱吃甜，尽人皆知。

早年间去沪上出差，早餐时店家上了小笼包，一入口，馅是甜的！又问酒店要来了馒头，上桌一瞧，馒头是"迷你版"，火柴盒大小，一口一个刚刚好，也是甜的！上海人管这种袖珍馒头叫"刀切"。

苏帮菜擅添糖增鲜，松鼠鳜鱼、樱桃肉、响油鳝糊，皆以甜闻名，拥趸众多。苏式糕团的制作，可称是苏州人甜蜜的事业，传承弥久，百年老字号亦多。四时八节，风味应季变换，最具吴地饮食特色。

上海、苏州、扬州等地饮食虽甜，但在无锡菜跟前，还得尊称一声"大哥"。无锡排骨、梁溪脆鳝是其典型代表，甜得齁人。

岭南地区食甜也有传统，蜜汁叉烧、炸牛奶、菠萝咕咾肉，皆甜。粤地的深井烧鹅，食之必蘸冰梅酱，也是甜的。甜口小吃小食更是不胜枚举。大良双皮奶、姜汁撞奶、各色糖水，入嘴甘甜！佛山的雪媚娘、炳胜的菠萝包，是甜点中的人间美味。我在广州吃过最入心的榴莲酥，果肉满盈，甜浆爆口，那真令人陶醉。

饮食上，我喜甜兼偏爱辣。十五六年前第一次进川时，成都的朋友带我们去吃正宗的四川火锅。我自恃能吃点辣，点了九宫格的辣锅底。火锅吃到一半，豆大的汗珠子自头顶、额头噼里啪啦往碗里掉，以至于双眼模糊，擦拭不及。平生第一回领略到川菜麻辣的威力。相同际遇，另有一次是在贵阳的街面上，手捧一海碗老字号肠旺面，同样是辣得畅快淋漓,汗如雨下。

相比湖南的干辣、江西的咸辣,贵州的辣更多是一种香辣,我个人更偏爱一些。每次去贵州,都会捎回一点儿安顺的石磨糊辣椒,香味足,辣度适中,可谓佐餐佳品。

二十世纪九十年代,岛城每年春夏之交会有一次对外经济贸易洽谈会,民间俗称"小交会"。有一年,同事从展会上弄来一瓶美国产的辣椒啤酒,啤酒瓶中浸泡着一个尖辣椒,看着挺新鲜。同事讲,此辣椒特辣。我好奇,拿来轻轻地在口中吮了一下,不夸张地说,差一点儿辣得休克!自此始知世界上竟然有如此"致命"的辣椒。

苦味之肴,相对小众。把苦味做成美食的,还得数岭南。苦瓜,味虽苦,却有清热解暑之功效。粤人喜啖之,称其为"凉瓜",客家人的凉瓜酿肉是传统名菜。我食苦瓜,即始自羊城。如今北方的盛夏季节,喜欢此物的食客也渐渐多了起来。在西南贵州,有一样既苦又腥的食材,当地人叫它"折耳根",又称"鱼腥草"。安顺人对山药蛋、炒寡蛋和鱼腥草青睐有加。

我初食凉拌折耳根,因其味之苦、腥,差一点儿从口中吐了出来,难以下咽。在贵州待的时间久了,去的次数多了,不知不觉竟然喜欢上了折耳根,直至欲罢不能。不得不说,这是折耳根的神奇之处。黔地小吃丝娃娃、裹卷、油炸鸡蛋糕之中,皆可见到折耳根的身影,其可炒、可拌、可当蘸料,受众颇广。在贵州,折耳根是百搭的无上妙品!

陆文夫名篇《美食家》中的主人公朱自冶讲,做菜最大的学问就是放盐。盐能吊百味。

说到饮食中的咸,传统鲁菜是绝对绕不过去的存在。老派鲁菜素有"四乎乎"的说法,即油乎乎、黏乎乎、黑乎乎、咸乎乎。昔年食过齐鲁某地出品的一款"腌蟹",入嘴有如吃盐,咸得受不了。苏帮菜向来偏甜,传统名吃虾子鲞鱼和甪直萝卜在重糖之外,又施以猛盐。如今生活条件好了,人们不再靠咸味下饭,反而开始为了身体健康有意识地少食盐,饮食重清淡。

安徽、江西有一种传统名吃"臭鳜鱼",既咸又臭,但不乏追求者。青岛的腌白鳞鱼、绍兴的油炸臭豆腐、宁波的臭冬瓜和臭苋菜梗、徽州的毛豆腐、北京的王致和臭豆腐乳,在五味之外剑走偏锋,独成一格,"臭名远扬"。汪曾祺说:"中国人口味之杂也,敢说堪为世界之冠。"

谁说不是呢。

茶来茶去

作家王干自武夷山归来，恰好有事来青，相隔一年，大家又见了面，吃饭，聊天，喝茶，谈笑风生。

大凡喝茶讲究之人，皆有自己固定喜饮的茶叶品种，通常情况下不会杂饮。若出差在外，行李箱中自备香茗，是必选项，文人墨客尤其如此。王干先生是一位讲究的饮茶人，他随身携带的，通常是绿茶。

临行前，王干从行李箱中摸索出一小盒茶，压低声音告诉我："正宗武夷岩茶，得过大奖的，你自己留着喝。"尽管只有我俩在场，他如此郑重叮嘱，这份心意，我必须领情！又拿来稍大的一盒，对我说道："这盒可以送人。"摆明这是大路货！我忙点头喏喏。这是爱茶人之间的惺惺相惜。

这款得过大奖的茶叫"蟠龙山肉桂"，一盒仅有两小包，也就是两泡茶。物以稀为贵，肉桂之香霸气、沉郁，茶香层次递进上升，妙绝！若次序反过来，绿茶就没法品啜了！

一

老百姓开门七件事：柴米油盐酱醋茶。由此来看，茶，是生活必需品。中国是茶的故乡，品类繁多，最受消费群体青睐的是绿茶。其家族佳茗辈出，闻名的如西湖龙井、洞庭碧螺春、黄山毛峰、君山银针、六安瓜片和太平猴魁等。1915年在美国旧金山举办的巴拿马万国博览会上，中国选送的各类茶叶共获得四十四个奖项，亦以绿茶居冠，红茶次之，乌龙茶又次之。

  我爱喝绿茶。每天早上泡一杯绿茶，赏心悦目之外，饮之体内清气上升，神明气爽。哪天缺了这口儿，好像一天都打不起精神来。前些年一度流行饮普洱茶，近年来武夷岩茶风头正劲。我皆浅尝辄止，从一而终，唯爱绿茶。

  算起来，我也是老茶客了。最初喝日照绿茶、胶南海青茶和崂山绿茶，后来发现我家楼下不远处的一个小茶叶店出售几款南方的新鲜绿茶，价格不贵，口感不错，性价比超高。我下班路过，一次买上二两，用一种专用牛皮纸包好，喝光了就顺手补货。如此持续了两三年的光景，直至搬到新家，还一直念念不忘这爿小店和那些不知名的绿茶。

  十几年前，偶然去苏州洞庭东山镇出差，品尝到当地的特产碧螺春茶，侍以太湖山泉水冲泡。其茶淡而雅，香且清，细茸若雪，我极喜，自此结缘此茶。昔年苏州作家周瘦鹃曾有诗赞曰："苏州好，茗碗有奇珍，嫩叶喷香人吓煞，纤茸浮显碧螺春，齿颊亦留芬。"碧螺春原来叫"吓煞人香"，是绿茶中的佳品。

  碧螺春茶春分前后进入采摘期，即是珍贵的明前茶。有一种称作"乌牛早"的品种，惊蛰前后即可上市，夺得头鲜。品啜之后，体内阳气上升，神清气爽，叹为绿茶春鲜第一等。此地谷雨前所采之茶，可冠以"碧螺春"之嘉名。这一时令过后，气温升高，茶叶叶片快速生长，所产之茶遂改称"炒青"，品质亦不可同日而语了。

昔年秋天的一个清晨，曾与友人黄明在洞庭碧螺春的原产地东山镇品过一次"禅茶"。茶室位于东山主峰莫厘峰半山腰的雨花禅寺，寺内住持通休师傅亲自事茶。晨光洒在他的身后，光晕朦胧，恍若仙境；室内梵音缭绕，茶香袅袅，触景生情，时有拙诗《过洞庭东山雨花禅寺》记曰：

清晨入古寺，秋雨洗征尘。
鸟鸣深谷涧，禅茶空我心。
霜染枫林醉，橘映群山新。
江南多胜迹，常来有缘人。

东山朋友善解人意，每每贻我香茗。冲泡此茶，我亦有心得。取一勺碧螺春茶入透明玻璃杯，以沸水冲泡至三分之一杯，醒茶，快速滤掉热水；取冷开水泡茶，至三分之一杯，使茶叶快速冷静。最后注入开水。此时茶水在七十度左右，杯中茶可一直保持嫩绿色，不至于烫熟，发黄，口感亦清爽甘冽。效仿此法的朋友，颇有人在。当季春茶，宜置于冰箱冷藏保存，冷冻更佳。

喝茶离不开鉴水。台湾茶道专家潘燕九将饮茶之水细分为五品：第一品为山泉水，无污染，富含矿物质；第二品为江心水，江心水是活水，且水流急缓相济，最宜泡茶；第三品为天落水，天然且相对纯净；第四品为井池水，其纯净度略差；第五品是自来水，最不足取。碧螺春茶以洞庭山泉水冲泡，水与茶相得益彰，彼此相互成就，甘冽芬芳。相似情形的，以虎跑水、龙井茶之组合名气更大，被誉为"西湖双绝"。

唐代陆鸿渐以一部《茶经》奠定了"茶圣"的江湖地位，至今不可撼动。他长途跋涉，翻山越岭，遍品天下名山泉水，得佳泉二十，一一排好位次，告知天下。庐山康王谷帘泉和无锡惠山泉，分列名泉冠亚军，为嗜茶之人津津乐道。

有人曾戏言，专家喝茶叫"茶道"，普通人喝茶叫"倒茶"，虽是调侃，亦不无道理。喝茶以舒服自在为上，过多的规矩束缚，则了无生趣。喝茶之道，在于不可无端徒增烦恼。

曾几何时，北地无茶可产。早年间北方人多擅饮花茶，以茉莉花茶、珠兰花茶为主打，着重品其花香，对茶叶本身的品质并无奢求。换句话说，就是爱闻花茶冲泡后的那种香气，并以此品评优劣。另外还有一种，可称茶叶的副产品，即高级茶叶筛过后留下的茶叶末。收集起来出售，美其名曰"高末儿"，价低。此茶香气不错，缺点是冲泡后皆浮在水面，喝一口得吹一次，赶走浮茶末，毫无茶趣可言。

被称为"海上仙山第一"的崂山，在二十世纪五十年代启动南茶北引后，开始小规模试种绿茶，并获成功。北方寒冷，春来亦晚，故正宗的崂山绿茶，明前茶产量稀少，奇货可居，价格不菲。某年清明后在崂山万里江茶场啜饮过一款崂山春芽，以崂山山泉水冲泡，果真咂出了传说中清芬雅郁的豌豆香。

二

"一碗喉吻润，二碗破孤闷。三碗搜苦肠，唯有文字五千卷。四碗发轻汗，平生不平事，尽向毛孔散。"每天早餐后泡一杯绿茶，这样的寻常日子，算起来得有二十五六年的光景了。

之所以偏爱绿茶，绝非因为玄乎的养生之道，一来因提神，二来纯为解渴。其外，绿茶自带清芬淡雅的香味，由浅及深，一朝习惯，别类茶品再也无法相比。

我们的传统文化中，凡事喜欢排个座次。梁山好汉三十六天罡七十二地煞，要排座次；三山五岳，要排座次；八大名酒，要排座次；茶叶品类之盛，当然也少不了排个座次，论个高低。中国十大名茶中，绿茶居大半，西湖龙井以"色绿、香郁、味甘、形美"拔得头筹。二十世纪九十年代中期的一个春天，我曾沿着杭州九溪十八涧顺山路蜿蜒而上，在狮峰山下的茶农家里吃过一碗明前龙井茶。用山泉水冲泡后，馥郁芬芳，连饮五泡方觉过瘾，西湖双绝果然名不虚传。此处吃茶有山林气，占尽天时地利人和之美，故留下了铭刻舌尖上的吃茶记忆。

"从来俊物有嘉名，物以名传愈自珍。梅盛每称香雪海，茶尖争说碧螺春。"有"陆苏州"之誉的陆文夫先生笔下的美食家朱自冶，喝的就是洞庭东山碧螺春。美食家饮茶当然要讲究，水要用天落水，煮水用瓦罐，燃料是松枝，茶要泡在宜兴出产的紫砂壶里。如此吃茶，闲情、闲暇、闲钱，缺一不可。

寻常茶客，亦有属于自己的吃茶之乐。碧螺春的发源地洞庭东山镇，有一条老街叫响水涧，光滑古幽的石板路两侧，清一色是一间间木制插板制式的门头店铺，看起来很有些年头。十几年前，街上曾有一家老茶馆，开茶馆的是位八十多岁的老太太，每天早上四点多钟就起来生火烧水，头一批茶客是山那边的三个老头。老头们从家中走到茶馆里，要翻越一个山头。他们接近五点钟到店时，老太太的茶水已经烧好了，若自备茶叶，仅收五角水资。这样旧气的老茶馆，是多么似故人般吸引人啊！终于有一年，我一路寻到了这个老茶馆的门前，被岁月包浆的老木板门紧闭，已无生机。我悻悻地离开，到不远处一座同样旧气的老饭店中吃了一碗苏式爆鱼面，留下点念想。后来，当地的朋友告诉我，老太太走了有一两年了。也不知道山那边的三个老头改去哪里吃茶了，他们一定和我一样失落。这座老茶馆像一枚楔子，牢牢钉入了我内心的深处，每次去东山响水涧，都会引我去老街上茶馆的门前看上一眼。

富春江边，严子陵钓台下的清风轩茶楼，是一个神奇的所在。

"潇洒桐庐郡，江山景物妍。问君君不语，指木是何年？"二十年前的四五月间，我曾游访桐庐富春江，慕名寻至七里泷严子陵钓台。自山上下来，正体乏口渴之时，一眼瞥见了江边古色古香的茶楼清风轩。坐定后要了一杯绿茶，茶是新茶，一芽一叶，茶枪挺立，悬在杯中，赏心悦目。茶名也有诗意，赵朴初先生题的字：雪水云绿。第一杯至淡，慢慢地，水中沁浸出了绿意，仿佛将一江春水的绿满满地注入了杯中。钓台水，原来也是名泉，按照唐代茶圣陆羽对天下名泉的评定，其为天下第十九泉。持杯临江而坐，云山苍苍，江水泱泱，可发古人之幽思，登山时的疲惫倦意，一股脑儿抛到九霄云外去了。

年轻人一般是不屑吃茶的，节奏太慢，世界还在等着他们去重塑，没那闲工夫。吃茶的人，年纪慢慢添上去，脾气渐渐落下来，随之徐徐开悟。吃茶亦如人生，不过在于拿起、放下之道而已，人在茶烫，人走茶凉。

茶来茶去，总有一段时光值得虚度，也总有一些茶事萦绕心头。

闲话饮酒

山东是酒乡,鼎盛时期,据说县县皆有酿酒厂。

齐鲁自古多壮士,尤以梁山好汉群体为典型代表。英雄豪杰自然免不了饮酒,花和尚鲁智深喝了酒,能拳打镇关西,倒拔垂杨柳;行者武松喝了酒,不仅借着酒劲醉打蒋门神,过景阳冈时,捎带着连"吊睛白额大虫"都一起收拾了。皆所谓:酒壮英雄胆。

通常来说,善武者饮酒,能增武威;善文者饮酒,能助文采。男士自不必说,女士亦不例外,此中享大名者,当属易安居士李清照。"昨夜雨疏风骤,浓睡不消残酒""常记溪亭日暮,沉醉不知归路""东篱把酒黄昏后,有暗香盈袖",与酒有关的佳句比比皆是。

凡饮酒者,一生中恐怕皆有几次难忘的"喝大酒"经历,有些甚至是刻骨铭心、挥之不去的。

汪曾祺善饮。陆文夫有一篇《酒仙汪曾祺》,记下诸多饮酒趣事。汪曾祺十几岁时,他父亲喝酒,会先给儿子倒上一杯,两人对饮,所谓多年父子成兄弟。汪曾祺饮酒逸事不少,如在西南联大求学时期,有一次沈从文外出归来,见一人昏坐路边,本以为是流浪难民,待走近一瞧,竟是他的得意弟子,赶紧让两个学生把他搀到家中,用酽茶醒酒。此是汪曾祺少见的有记载的醉酒经历。

我也有过一次。

二十多年前,同事一行六七人过路湘西武陵源。好客的主人安排了饭局,佐餐之酒为52度的当地土酒,名不见经传。饮至七八两,微醺之时,主人自别处回来敬酒,让我方选派一名代表,一人再干上一碗后结束。时桌上数我最年轻,立马被点了将。我硬着头皮端起酒碗,咕咕咕,一饮而尽。当晚大家都以为我肯定"牺牲"了,没想到我回房又与他们一起玩了半宿扑克牌。自此,我便落下个善饮之名。

山东人喝酒讲规矩,全国闻名,外地客往往摸不着门路,在主人们挨个敬完酒后,多早无还手之力,每每吃了大亏,心生懊悔。的确,酒量平平者谁能架得住主陪三杯,副陪两杯,其他协助陪酒的人轮番上阵的模式?客方有时也会按捺不住,想插空先敬杯酒表表心意,但铁定会被无情拒绝,被指破坏了规矩。无奈之客不明就里,只有任人"带节奏"的份,焉能不醉?

岛城饮酒,虽不及省内其他地区生猛,却也不可小觑。别处以喝白酒者居多,内陆地区甚至还有端酒的习俗,即敬者不喝,专给客人喝,美其名曰"敬客",实有给"下马威"之嫌。岛城待客以啤酒为主打,主客平饮,尤以原浆啤酒最显风味,也最醉人。若喝的是白酒,副陪敬完第二杯后,自己眼前的分酒壶和白酒杯要净空。通常边喝边念叨新酒谚:"一大一小,全家都好",然后一饮而尽。青岛酒桌上还有个不成文的规矩,酒局结束前,凡开启过的酒,绝不能剩下。主持场面的,一般会将瓶中酒平均分摊,干杯后,大家拔腿走人。酒是粮中精，老酒客所谓：宁剩菜，不剩酒。

相比之下，南方人饮酒规矩甚少，在南方诸地做客，若以齐鲁饮酒之固定思维模式待之，难免会险象环生。

十几年前做客苏州东山，好客的主人敬完第一杯酒后，刚想吃点东西，桌上忽地站起一位年轻人，端着一壶白酒径直走了过来，要单敬。我感到莫名其妙，说："主人才敬了一杯……"对方说："对，敬完一杯就可以随便喝了。"可叹我腹中空空，无端地喝掉了一壶白酒，胃里顿时翻江倒海，血往头上涌。

习惯上，饮酒一般在午晚间居多，北方有些地区却有喝早酒的习惯，以白酒为最，称"早白"；近些年亦有流行喝"早红""早啤"的，当是常年饮酒养成的习惯，我并未有机会亲眼见识。

苏州东山古镇有一家老字号饭店，名曰"洞庭饭店"。早年间，我在苏州籍作家的文章中知晓该店，曾到此寻访。时饭店依旧保留着二十世纪七八十年代的经营样式，桌椅皆是老式八仙桌和木制长凳方凳，经长年累月的擦拭，边角已露出原木色。用餐须先买筹码，饭菜明细以木质水牌的形制一一挂在收款窗口上端，旧气且富年代感。我早上六点多到店，店堂中已有三三两两的当地食客在吃早餐，看样子应是老主顾了。

老店以苏式汤面和水乡土菜为主打，最便宜的光面即清汤面，时每碗仅售三元五角；虾爆鳝面最贵，亦不过十二三块钱的光景。令我大开眼界的是，一当地人仅就着一碗光面，竟然在喝一瓶高度白酒，且美滋滋的，翘起的二郎腿不停地打着拍子。

老字号里的美食

我对老字号餐饮名店有种偏执的钟爱，真是情不知所起，一往而深。

中国饮食界诸多老字号的名馆酒楼，虽饱经岁月洗礼与朝代更迭，但凭着"一招鲜"的独门秘籍，依然行走美食江湖，流芳百年。北地闻名的，有吃挂炉烤鸭的"全聚德"，吃涮羊肉的"东来顺"，吃烧卖的"都一处"；物阜民丰的鱼米江南，有以西湖醋鱼闻名的"楼外楼"，以松鼠鳜鱼扬声的"松鹤楼"，以鲃肺汤立脚的"石家饭店"，扬州早茶界的代表"富春茶社""冶春茶社"；食在岭南，则有啖烧烤乳猪的"陶陶居"，吃乳鸽的"太平馆"，叹广州早茶的"泮溪酒家""广州酒家"等，皆是食客心目中的传统中华老字号，各有拥趸，各取所好。

我素来喜食烤鸭。二十世纪八十年代单位引进挂炉北京烤鸭后，一朝尝试，爱不释"口"，同事遂送外号：烤鸭先生。北京的烤鸭，我大店小馆吃了不少，全聚德的名头大，自然去得最勤。二十年前赴北京大学进修时，顺道在"便宜坊"尝过一回焖炉烤鸭，味道不在全聚德之下。便宜坊也是响当当的老字号，创建于明代，清代开店的全聚德在其跟前，还得对它尊称一声"前辈"。

"春江水暖鸭先知。"江南水乡河道纵横,水系发达,饮食传统上也偏爱食鸭。扬州八宝葫芦鸭、苏州甪里鸭羹、杭州酱鸭,皆是经典名馔。其中尤以金陵为最,盐水鸭备受青睐,饭店食摊现做现售,口味几乎没有太差的。盐水鸭也称桂花鸭,宜即买即食,凉吃;置于冰箱过夜或真空包装之品,则不入流。昔年品尝南京清真百年老字号"马祥兴"卤制的盐水鸭,鲜咸,味腴,百食不烦,果然名不虚传。有句话说,没有一只鸭子能活着走出南京城,足见"鸭都"食鸭之盛。

"涮肉何处嫩?要数东来顺。"位于王府井大街东安市场隔壁的东来顺,昔年去得也频,凡至京城出差,多有一餐要在此打牙祭。除了来自锡林郭勒盟的传统手切羊肉必食之外,老店的芝麻酱烧饼皮儿酥脆、芯儿咸香,逢吃必点,再配上一碟老店自腌的糖蒜,合口儿。另一家老字号"西来顺"的烤鸭子和油泼羊肉味道也棒,其亦是清真名店。

京城北海公园里曾有一家老字号饭庄"仿膳",是仿清宫御膳之意。餐馆坐落在皇家园林,雕梁画栋,漆金描银,颇有些贵气。黑底金字的招牌为老舍先生所题,淳朴、可爱。二十世纪九十年代初,我曾带着恋爱对象硬着头皮走进去吃过一回,点的啥菜已忘记,倒是两款点心入心入胃。一种叫"豌豆黄",是老北京的传统小食,色橙黄;一种叫"小窝头",坊间传言说是用栗子面做的,慈禧老佛爷最爱,色鲜黄。其实,仿膳的小窝头主料是细筛过的玉米面,掺少许豆面、食糖和桂花蒸制而成,个头比栗子稍大,近乎冬枣大小,一口一个,细腻、香甜,倒是隐约能吃出栗子味来。

"山外青山楼外楼,西湖歌舞几时休?"杭州西湖孤山脚下的"楼外楼",创建于清代道光年间,借用诗人林升的这首诗,店名起得应景,巧妙,亦上口。二十世纪七十年代电影院放电影,正片之前经常会有"加演",我在加演的纪录片中首次看到"楼外楼"西湖醋鱼的制作过程,大开眼界,无限向往。只见自西湖水中捞出活鱼后,现宰杀,现加工,现烹制,行云流水,赏心悦目。鱼上桌后,鱼嘴还在不停地喘气,在脑海中留下烙印,也馋得不行。二十年前,终成行。楼外楼的食客素来多得离谱,你方吃罢我登场,店堂内人流熙攘,宛若闹市。点了宋嫂鱼羹、东坡肉、炸响铃等一干招牌菜,立点立上,店家早已提前加工备好。饮食之道历来讲究"人等菜",菜品着"镬气",方显其鲜活生机、食相可人;若烹调失当,沦落至"菜等人"的境地,菜肴定会沾上"暮气",此为美食之大忌!

岛城餐饮老字号,旧时的顺兴楼、聚福楼与春和楼,被称为前"三大名楼",如今仅存春和楼。老店出品的香酥鸡、油爆螺片等传统菜,遵习旧法,宜堂食。春和楼、聚福楼(东记)、三盛楼被称作岛城后"三大名楼",如今除春和楼外,尚余三盛楼仍顽强坚守。二十世纪九十年代,我在三盛楼附近小住过几年,老店的鲁菜家常菜和三鲜锅贴曾给我留下舌尖上的美食记忆,那段时光,甚为眷恋。此外,老沧口锅贴铺、万和春排骨米饭等美食老字号硕果犹存,或可为青岛人留下一点儿代表乡愁的滋味,也是一座城市饮食流变史中的活化石。

食堂记忆

谁没有吃过食堂的饭呢?

民以食为天。大凡上班上学之人,都在大大小小各种各样的食堂吃过饭。可以这样说,食堂在人的日常生活中,如影相随。

第一次在食堂吃饭,是二十世纪八十年代初上高中那会儿。起先午餐是自带的盒饭,到了学校,将饭盒拿到食堂边的大蒸箱里,绑扎妥当,做好记号,便可安心去上课。饭盒是铝制的,长方形,饭和菜挤在一盒之中。饭盒用得久了,被撞碰摔打得凹凸不平、坑坑洼洼,照样用。上午下了课,同学们三三两两取回各自的饭盒,围在班里吃开来。那时,大家的伙食水平相差不大,也没啥特别好吃的东西,倒是一位女同学记得我带的地环酱菜可口,多年之后仍提起。盒饭吃腻了,就到学校食堂买回一堆饭票,花花绿绿的塑料薄片,壹角、贰角,壹分、贰分、伍分,壹两、贰两,面值并不大。食堂的饭菜,头些日子有股新鲜劲儿,吃着吃着,口味即乏善可陈了。每周的菜谱来回倒腾,后来竟然摸着了规律,周几吃什么,背也背得过来。初识食堂,并无些许乐趣。

参加工作后,单位是涉外饭店,食堂伙食多少有了些馆子的味道，花样也相对地丰富。有时候，食堂里的饭菜比家里的还要可口，时不时地，还有惊喜。京城机关的大食堂也吃过几个月，饭点儿排起队来颇壮观，好处是饭菜可选择余地大。

　　食堂也有"逆袭"的。吃食堂吃出念想来，是在二十四年前的上海旅游高等专科学校。学校周围田畴水塘环绕，虽地处偏僻，校园里却古树婆娑，清幽优美。食堂伙食更是令人弹睛落目，色香味形俱佳。各色炒菜琳琅满目自不必说，嘉兴的粽子、宁波的汤圆、上海的小笼包、南京的鸭血粉丝汤、苏州的酒酿小圆子、杭州的定胜糕、江浙沪一带的地方小吃，轮番上阵，争奇斗妍，吃得我眼花缭乱、喜不自禁。偶然间，又发现一片竹林深处有一座小食堂，食客不多，闯入之后，始知是学校老师们的专属区，皆是雅座。小食堂里的炒菜是现点现炒，每菜价格在一元五角至三四元不等。我们同行的三人试着点了四个菜，几位年轻厨师用小炒瓢三下五除二，很快上了桌，浓油赤酱，典型的海派菜系风格，口味那叫一个绝！上海旅专当时设有烹饪专业，食堂厨师也是学校里的实习学生，故学艺刻苦，烧菜不马虎。我最钟爱的菜有烧四鲜烤麸、油爆白虾、烧鳝糊、笋尖炒太古菜、外婆红烧肉等等。三人每餐共花费十一二元，吃饱吃好，划算到心跳。

　　馋人有口福。十年之前，我遇到了心目中排名第二的食堂：北京大学食堂。北大校园中的食堂有多处，除常规的几大中餐食堂之外，另有佟园食堂等种种。我常去的两处，一处在网球场东南侧，以售卖北京风情的菜品和面点为特色，艾窝窝、驴打滚、芝麻酱烧饼等京城小食，皆可在此吃到。

现煮现卖的三鲜水饺,自锅中忽拉倒入柜台上长方形容器中,冒着白腾腾的热气,个大,馅足,雪白,一准儿把胃里的馋虫勾出来。早餐尤得我爱,豆浆、油条、馅饼、炸糕、烧饼、京味点心、茶蛋、各种稀饭、小咸菜,甚合我意。这座食堂的亮点是副食。

另一处在其斜对面,以全国各地地方小吃为主打,最受学生青睐,午餐时段人流熙攘,找座位全靠眼尖屁股快。我第一次吃四川冒菜,第一次吃沙县小吃,就在此间。麻辣烫、砂锅煲、粉面、小火锅,不一而足,洋洋大观。这是一爿最不像食堂的食堂,极似误入了某个古镇上的特色小吃街。操着各种方言的吆喝声,散发出浓郁的市井烟火气息,价格也便宜公道。

食堂菜不讨巧,尽人皆知。根子就在众口难调,有喜辣的,有嗜甜的,有无肉不欢的,有天天食素的,食堂伙食即使拿出孙悟空的七十二变,时间久了也会让人产生审美疲劳。在我看来,国内食堂界有几款大众经典菜,几乎没有一个食堂里的师傅不会做,也几乎没有食客没吃过或没见过,受欢迎程度颇高。食堂中的荤菜头牌,我选一款红烧狮子头,拳头大小,出镜率超高,味道大都不赖,也算是一道功夫菜;素菜皇后,西红柿炒鸡蛋当仁不让,这是一款人见人爱的家常菜,咸甜口,佐饭佐面皆宜;半荤半素的,是一款川菜家常菜蚂蚁上树,菜名猎奇,并不太辣,喜欢吃的人不在少数。

现如今,学校里的食堂恐怕是无缘再亲近了,北京大学的食堂饭卡我一直收藏着,睹物思旧,未名湖畔的求学经历和那些天南地北的食堂小馔一样,弥久难忘!

那些远去的吃食

有些食物正渐行渐远。

无花果，少时的美味。那年月，小孩子兜里没几分零用钱，无花果属于好吃又可以不花钱吃到的水果。我姥姥家和奶奶的邻居家，都种有一棵多产的无花果树。所不同的是，邻居家的无花果要偷偷地摘，够不着的果子还要爬上人家的墙头，摘起来有些提心吊胆。姥姥家的就不同了，可以光明正大地攀上树，爬上房，边摘边吃，大快朵颐。只是偶尔会踩碎几片房瓦，让老人们头疼不已。

我对桑葚的感情很深。桑葚和无花果一样，好吃，也不用花钱。桑葚夏天结果，无花果稍晚些时日。胡同口邻居家在屋东头并排种了三棵桑树，在我每天上学的必经之路上。北边的一棵光长叶，不结果，邻居家养了蚕，专吃它的桑叶；中间的一棵结紫色的桑葚，甜如糖；南面的一棵，结乳白色的桑葚，甘饴似蜜。吃口上，白胜于紫。那真是好东西！

中秋佳节，朋友圈中"晒"出各色美食，一位画家朋友冷不丁地发了张照片，一瞧，是久违的名吃杠子头火烧，朋友还幽默地注释道：不带馅的月饼。

杠子头火烧，小时候经常见，时不时地也吃，特点是面紧且硬，耐贮存，越放越结实，不易坏。女人走夜路时，揣上一个杠子头火烧，还可用来防身。青岛人形容某人又犟又杠又硬，便叫他"杠子头"。人和火烧，不知谁用这个名字用得更早些。杠子头火烧不独是青岛的特产，近邻的潍坊和烟台都有。有一年去外地出差，路上中巴车里，一位烟台朋友取出一袋杠子头火烧分给大家解馋。火烧是袖珍版的，比普通的杠子头火烧小三分之一，有嚼劲儿，有新麦香，也顶饱，一行人吃得不亦乐乎，共忆起旧时趣事。如今，正宗的杠子头火烧很少见了。

中国的传统节日都有相对固定的特定节日食品，如元宵节的元宵、端午节的粽子、中秋节的月饼，虽经历朝代更替，依然延续老传统，未曾改变。而随城市化进程的加快，有些地域性的节日食物就没那么幸运了，七夕节的饽饽榼子便是一例。饽饽榼子，老青岛人俗称"卡花"，即榼子做出来的带刻花的面食。七夕节的卡花，婴儿掌心大小，干烙而成，面中多掺入糖水，甜口。小寿桃、小银锁、小知了、小葫芦、小金鱼，都是其常见的图案。小卡花可束穿成串，挂在儿童脖颈上，饿了吃一个，特好玩儿。由此，青岛话还引申出一个独有的词汇"卡花"，来形容子女和父母长得像，老青岛人都晓得。

秋天是丰收的季节。旧时，每至此季，我家铁路宿舍东南头的上庄粮店门前，地瓜堆得山高，市民自家里拿了麻袋，赶来粮店排队买地瓜。整个秋冬季，地瓜是主要的副食，其身百变，成为我小时候一个不小的念想。冬天，家里生了炉子，挑几个细而尖的地瓜扔到炉灰膛里，烤熟的地瓜会流油，扑去炉灰，剥开皮，细、甜、喷香。一种叫沙巴金的地瓜品种，瓤是深橘红色的，口感更甜，是地瓜中的皇后，万里挑一。佳瓜难觅，不小心中了奖，会欢呼雀跃。那时候，快乐来得真是容易。

二十世纪九十年代初，偶然发现八大关武胜关路临街的一处偏房里，有位老妪专门售卖烤沙巴金地瓜，生意很好，同事们时不时去买回一点儿解馋。后来，不知何故，烤地瓜不卖了，再后来，老太太也走了。一晃眼，一别沙巴金已三十年，弹指一挥间呀。

地瓜枣儿并不是枣。地瓜煮熟了，切片，切条，晾在盖垫上，或晾在院里的墙头上，借阳光晒至半干，即为地瓜枣儿，老青岛人都这么叫。地瓜枣儿放置一段时间，表面会泛出糖霜来，似一层白布，更可口，也更抢手。地瓜枣儿是零食，不当饭。

生地瓜切片晒干，叫地瓜干，粉白色，是副食，也可当粮食吃。最简单的食法是蒸后空口吃，吃多了易胀气。地瓜干切成丁，在糖精水里泡一泡，可包成地瓜干包子，味道说不上好与孬，充饥而已。我在写下这些文字的时候，地瓜干的影像在脑海里闪现，我开始有些怀念它们了。

这些渐行渐远的吃食，伴随着渐行渐远的童年和故乡，成为一代人的家乡记忆、成长记忆、味蕾记忆。记忆有时是苦涩的，但大多是甜丝丝的。

山水大石村

从崂山沙子口汉河的一个路岔口往西九水山坳里拐，一条蜿蜒曲折的山路进入视线。山路仅两车道，一边是翠色连绵的群山，一边是淙淙流淌的清溪河道，山风轻轻拂面，一洗市区内的高温热浪，恍若闯入一片清凉劲爽的小江南。大石村，就坐落在这风景如画的世外桃源里。

听村里人介绍，才晓得这条山路原来就是台柳路的末端。台柳路始建于1904年，1907年通车，被称为"中国第一条公路"。台，指市区的台东，也称东镇；柳，则指北九水的柳树台。这种以道路起止点的首个字组成的路名，当年在青岛还有不少，如四流路、大沙路、小白干路、湛流干路等。

二十世纪三十年代，郁达夫游柳树台至北九水靛缸湾，曾乘兴赋诗一首："柳台石屋接澄潭，云雾深藏蔚竹庵。十里清溪千尺瀑，果然风景似江南。"这首咏赞崂山的诗作，八十年代经书法家黄苗子题写，如今已镌刻在石，立在北九水的山荫道中。不为人知的是，黄苗子是郁达夫的侄女郁风的丈夫。

经百年台柳路去柳树台，必经大石村。

说实话，以前从未听说过此村之名，来了始知不虚此行。

大石村有山，有水，有果园，有清冽的山风，有高负氧离子的空气。让我意外的是，还有生态园林博物馆、美术展览馆、艺术家工作室，以及配套的民宿、农家乐等，诸多的艺术团体在此设立了创作基地。有了文化艺术的滋养和加持，大石村木秀于林，后来居上。

美食和美景皆不可辜负。在大石村吃了一顿晚饭，竟然有些惊喜。

来崂山游玩用餐，不管走东线南线，西线北线，家常烧山公鸡是必点的菜品。一来崂山地界散养的走地鸡吃活食，勤走动，长得英姿飒爽，肌肉紧实，骨骼坚硬。二来崂山当地人擅烹此物，总结提炼出一套相对固定的红烧烹调之法：公鸡剁块，烧开油，生炒至断生，加盐、糖、生抽等调味料翻炒均匀，添山泉水没过食材，盖上锅盖烧四十分钟或用高压锅压烧十分钟，收汁后即得。红烧山公鸡色泽红亮，食之口感柔韧，不柴不腥，满口留香。此菜放凉后，盘中余汁自凝成冻，食材所含胶质之丰富，可窥一斑。

二十世纪九十年代初，大石村一侧修建了一座较大型水库蓄水。时年雨水丰沛，水库在正常蓄水位以上，故来大石村品食水库鱼虾，也是一乐。水库的花鲢鱼养在青山秀水之间，出身好，个头大，肉质佳，无泥腥气。在大石村，花鲢适合一鱼三吃。鱼尾，施以家常红烧之法；胖鱼头一开两半，一半煲汤至奶白色，另一半，喜辣者可施以剁椒蒸鱼头之法，忌辣者或油泼或红烧，皆美。来大石村，一鱼三吃，走过路过不可错过。

大石村水库的白条鱼是名产，有些物以稀为贵的意思。此鱼体形不大，个小的比银鱼略大些，个大的似黄尖子一般，通常以炸、煎为主。油爆水库虾、香炸蜂蛹、大肠炖豆腐、炸山参、小葱拌鹅蛋，这些带着山林野逸之气的食材无一不散发着迷人的异香，让食客不忍停箸，立志战斗到底。

自从崂山的大馉饳上了《舌尖上的中国》第三季，耍山必吃的面食似乎只有大馒头了。来大石村，还有另外一种佳选，即葱油饼。葱油饼是老青岛人所讲的"瓢子饼"，此地山民手工制作的葱油饼，两面起焦，内软外酥，喷香，是地道青岛味！我请教制作人，小妹快人快语，竹筒倒豆子般告知了秘籍：冷水面，揉开后抹油，撒盐和葱花，卷揉后擀平，两面煿，十分钟左右即熟。小妹说得一脸轻松，恐怕学起来就不那么容易上手了。

毕竟，山里人早已破解了传统美食的味道密码，任凭你照方抓药，依样画葫芦，恐怕也是南橘北枳，终不得其本味。索性，馋了还是再来一趟大石村吧。

闲话大肠

据我观察，如今青岛人宴客，除海鲜类菜肴必点且占主导地位之外，肉类菜品中多会有一道大肠上桌，熏卤大肠、脆皮大肠、辣大肠、烧大肠、九转大肠，都有可能。这是一个有意思的现象。

九转大肠是鲁菜代表性传统菜式之一，为济南府名餐馆九华楼首创。说白了，九转大肠原本就是红烧大肠。经九华楼师傅们多年的精烹细调和反复研制，加之用料考究，添入名贵中药砂仁、肉桂、豆蔻等，制作工艺可媲美道家的"九转仙丹"，故名。九转大肠口味鲜甜，烹调繁复，传承正宗九转大肠制作精髓的厨师已可遇不可求。故绝大多数餐馆已将其下架，仅少数有实力、有影响的酒店名楼，可在筵席中烹制。普通馆子里现点现食，难吃到地道传统的九转大肠。如此下去，正宗九转大肠或将渐成广陵散。

少年时代，肚里虽缺油水，但对大肠始终不感兴趣，总觉得异味太重。第一次转变印象是在二十多年前。目的地是原胶南县邻近诸城的一个农家乐，我们一行人慕名去吃熏猪脸。近午时分，刚刚迈进小院天井，一阵阵熏肉的异香扑鼻而来。正屋内一口十人大铁锅，卤过的猪脸、猪下货正用松树的松针做最后的熏制。松烟袅袅，松香阵阵，此种颇为原生态的烹饪方式，我首次遇见。

半拉子熏猪脸被端上炕桌，又一盘熏大肠猪肚跟了上来，佐以带"嘎渣儿"的农家大饽饽，五六个人风卷残云，吃将起来，大家撑得够呛，下炕都有些吃力。此处的熏猪脸是招牌菜，又称"大面子"，味美毋庸置疑；熏大肠更是一绝，香，糯，有嚼头，绝无腥臊之气，出乎意料地好吃。自此，不再嫌弃猪大肠。

多年之前，我亦曾去即墨乡村拜访过一位制作套肠的传承人。在不大的作坊里，风干着一排排半成品的土鸡和猪制品，套肠是他的绝活儿。所谓套肠，即用猪大肠一层一层套上不同规格的猪小肠，先卤煮，后熏制，外加一道风干的流程。成品口感柔韧，香气馥郁，食之难忘。我的母亲尤爱此物。近些年，她托我买过数种产地的套肠，皆不对味。品鉴套肠口味地道与否，母亲是行家里手，我自愧不如。

熘肥肠是鲁菜的传统菜，稍高级一点儿的，是炒大肠头，选料更加讲究。旧时，老馆子里会有一道"爆脆肠"，口感上乘，喜食者无数。话说回来，其原料并非猪大肠，而是母猪的输卵管，与大肠近似而已。前几年去东北出差，午餐点了一道大葱烧大肠。菜上桌，有点惊艳——大肠在盘中码放整齐，切成扳指长短，一根根大葱葱白穿肠而过，呈焦糖色。大肠内塞上大葱，先腌制，再烹炸，后回锅红烧，味道真绝！当年，京城学人美食家王世襄，曾以一道"焖大葱"碾压一桌山珍海味，也是出奇制胜。

我吃过的最难忘的大肠，是在贵阳。一条车流不息的马路干线旁，一家老字号的肠旺面馆，终年有一支长长的顾客队伍。肠旺面，是贵阳人最爱的食物之一。肠，指猪大肠；旺，则是猪血。佐以五花肉、豆腐、豆芽、辣子、姜、蒜、醋制成的臊子，红油飘香，引人垂涎。如此两种出身低微的原材料，竟能和贵州米粉一起，共同撑起贵州小吃美食界的半壁江山，让本地人、外地人甚至外国人欲罢不能，吃一回，想一辈子。

　　清代资深老饕袁枚，在著述《随园食单》中写到的菜品和原料难以计数，包括猪肚、猪肺、猪腰、猪头、猪蹄等，唯未涉笔猪大肠。我推测，随园老人不爱这口儿。

爱恨猪油

人之口味的形成，大都源于童年时代认知的味道。

我记忆中第一样美味的吃食，是火车站饭店的一碗清汤面。清汤面在江南另有一个更富诗意的名字：阳春面；也有一种通俗直白的民间叫法：光面，即光溜溜的面，什么浇头也没有。火车站饭店原址在青岛火车站的南头，费县路上，坐南朝北。火车站饭店拆掉后，它的东侧盖起了华联商厦，红极一时。如今，华联商厦也拆了。

我的爷爷生于清末，他在铁路上工作了一辈子，退休后，每个月底要到朝城路上的青岛铁路分局领薪水。我上小学时，放了暑假寒假，爷爷便会带上我来街里。开了工资后，拐一个弯，顺脚来到火车站饭店打牙祭，每每如此。火车站饭店的店堂宽敞通透，清一色的八仙桌，经过长年累月的擦拭，桌子有了岁月的包浆，油乎乎的。每张八仙桌围四条长凳，竹筷插在一个筷筒里，放置在桌子正中。店堂东头是一长溜柜台，交款、买筹码、排队、取面，皆在这里。爷爷吃的那碗是肉末面，面条上有一勺碎肉臊子，让人馋得慌，售价一角四分。我的那碗是清汤面，售价八分钱，虽然没有肉臊子，但一大口红汤下肚，也能美个半死，真是鲜煞个人！

那碗清汤面好吃的秘诀，一是面汤熬得好，得用猪棒骨慢火长时间熬制；二是酿造酱油货真味美；点睛之笔，是汤中点上一点儿猪油，如此，红汤之上，一圈一圈漂浮的大小油花来回游走，挑逗起人的食欲。自打这时起，我晓得了下馆子的别样滋味，也爱上了这口清汤面。那是1975年，我八岁。往后，又在中山路的江南饭店、劈柴院、老四方的大众饭店、人民饭店陆续品尝过，留下了舌尖上最初的美食记忆。

猪油，青岛人俗称"猪大油"，是旧时人家的稀罕物，一般过年时才见。寻常日子里，并不是谁家都能随时食用的。二十世纪七十年代中后期，我去铁路宿舍小学同学家玩，正值午饭点，一家人围坐在炕桌上用餐。他的哥哥边吃馒头边往馒头上抹点白花花的猪大油，吃一口，看我一眼，越吃越来劲。我咽了咽口水，扭头跑回了家，央求奶奶也弄点猪大油来吃吃。奶奶想法买来肥猪肉，用一口八印铁锅炼油，猪肉炼成了脂渣，滗出的油，凉透了，即雪白的猪大油，盈盈一大碗。我学着人家的样子抹在馒头上吃，竟然腻得要命，一点儿也咽不下嗓。倒是脂渣口感嘎嘣脆，喷喷香，蛮好吃。我不理解人家怎么会把猪大油吃得那么香。自此，我不再羡慕任何喜食猪大油的人。

清代美食老饕袁枚在著述《随园食单》中有一句名言，"荤菜宜用素油，素菜宜用荤油"。颇有食理。荤油通常有羊油、鸡油、猪油等，以猪油应用最广。除炒菜之外，蒸鲜鱼、活鱼点上一点儿猪油，油润增香，亦提振食欲。

苏帮菜擅长把不起眼的猪油活化利用，小东西搞出大名堂来。吴中区的东山古镇，历经千年，民风民俗自成体系。东山人过年必吃年糕，此地的年糕人称"猪油糕"。糕以糯米粉掺入三分粳米粉为基，内嵌豆沙馅，圆圆的一盘，上覆青红丝、瓜子仁、核桃仁、红枣碎等，撒上糖猪油。糖猪油是猪油糕的灵魂。

每年大雪时节，东山人依俗都会腌制腊肉、腊鸡、腊鱼，最特别的，是腌制糖板油，俗称"糖猪油"。糖板油质地细腻，遇热易化。将猪板油切成小丁，拌上白砂糖蜜制，一周后便可食用。腌好的猪板油晶莹剔透，肥腴可人。除猪油糕之外，东山另一样传统小食"洞庭雪饺"的馅心中，也离不了它。苏州东山籍的美食作家叶正亭有一句名言，他说：一块糖猪油，润肥了一腔馅心。说的即家乡的洞庭雪饺，形容十分贴切。

纵观猪油的食用历程，经过先捧、后杀，至今逐渐回归理性。喜欢的人，总结出其诸条优点；不喜欢的人，忌惮其带来"三高"，增加心血管的负担。其实凡事不能一概而论，养生之道讲究饮食有度、适可而止。口味杂一点儿，品种多一点儿，这样的日子，才能算得上是有滋有味。我的观点是，善待生活，不薄自己。

梁实秋笔下的顺兴楼

改革开放以前,"饭店"这个词,通常是指菜馆、餐厅,仅供应膳食饮品,并无住宿之功能。如中山路的江南饭店,湛山大路的八大关饭店,老四方的平安路饭店等。二十世纪七十年代,我家铁路宿舍西南头街道上办的小饭馆,早餐卖油条、油炸糕、稀饭,午餐售青岛散啤和凉拌菜。店堂狭小,名称大气,叫"东山饭店",时与众多"人民""大众""三八"饭店一道,行走饮食江湖。

新中国成立以前,岛城讲究些的菜馆名称多带"楼"字。早期的"三大名楼"为北京路的顺兴楼、即墨路的聚福楼、天津路的春和楼。叫"饭店"的也有,河南路的亚东饭店、中山路的大华饭店、青岛咖啡饭店等,也是单纯的餐馆。

综合的美食和住宿场所,高级一点儿的,过去称宾馆、公寓等;条件中档的,则称旅馆、招待所。二十世纪八十年代以后,各种大饭店、大酒店、大厦层出不穷,软硬件也更上一层楼。

花开数朵,单说餐馆。

梁实秋在青岛生活了四年,对这座城市感情很深,他在书中写道:"我虽然足迹不广,但北自辽东,南至两粤,也走过了十几省，窃以为真正令人流连不忍离去的地方应推青岛。"此外，品评名楼餐馆美食，亦是他的强项。清末民初北京城里的厚德福大饭庄，原有梁实秋祖父的股份，下馆子吃大餐遂成为家常便饭，也练就了他一流美食家的不俗品位。梁实秋喜欢吃烤肉，青岛家中的烤肉支子，便是北京厚德福饭庄为其定制并捎来的。梁实秋离青时，将烤肉支子送给了山东大学同事赵少侯，多年之后，他仍念念不忘。梁实秋在著述《雅舍谈吃》中提到青岛第一名馆"顺兴楼"。他的笔下，顺兴楼的名吃有乌鱼钱，"乌鱼钱制羹，要用清澈的高汤……临上桌时撒芫荽末、胡椒粉，加少许醋，使微酸"。如今，这道名菜传承有序，称"酸辣乌鱼蛋汤"，屡屡在国宴中代表鲁菜亮相，广受嘉评。岛城之黄海、八大关、府新等名店，均有出品。

"我也吃过顶精致的一顿饺子。在青岛顺兴楼宴会，最后上了一钵水饺，饺子奇小，长仅寸许，馅子却是黄鱼韭黄，汤是清澈而浓的鸡汤，表面上还漂着少许鸡油。大家已经酒足菜饱，禁不住诱惑，还是给吃得精光，连连叫好。"梁实秋书中描述的这种饺子，雅称"状元饺"。二十世纪八十年代，我刚参加工作那会，我们饭店一位白案老师傅擅此绝技。老师傅姓衣，个子不高，不善言辞，其双手之灵巧赛过女性。他包出的饺子仅拇指肚大小，皮薄馅足，形似元宝，状极美。状元饺每客一小碗，仅盛四只，带汤上桌，食客必发出惊叹的赞美，不忍下箸。老师傅退休后，状元饺随之匿迹，实在可惜！

顺兴楼另一味让梁实秋念念不忘的佳品，是"清汤西施舌"。西施舌，为青岛地区海鲜中的贵族。其形如大蛤，上尖下圆，光滑饱满；肉质洁白软韧，入口爽滑，味极鲜美，俨然美妇之舌，故名。西施舌季节性强，产量少，物以稀为贵，多数餐馆中难见其踪。清汤西施舌，仅取其舌尖精华部分，呈象牙白色，吊以高级清汤煲之。1972年西哈努克亲王访问青岛，欢迎宴会上即有一道"芙蓉西施舌"。现今，西施舌食材难觅，擅烹此肴的饭店酒楼更是寥若晨星。

旧时，位于中山路107号的"英记楼"名气也大，亦有人将其与三大名楼合称为"四大名楼"。英记楼是广东馆子，以经营点心和粤菜见长。1927年3月，广东籍的康有为最后的晚餐便是在英记楼吃的。

余生也晚，顺兴楼、英记楼在时，未赶上趟；赶上聚福楼（东记）末期，却囊中羞涩，未曾领略其美食。春和楼的招牌菜香酥鸡、油爆海螺、九转大肠等，往年皆曾品尝过，是岛城传统名菜，堂食最宜。二十世纪九十年代，频繁造访光临的是三盛楼，我新婚的答谢宴即设在此。

三盛楼的菜品传承有序，鲁菜味正。印象至深的，是老店的三鲜锅贴，馅足，底焦，味美，几位大婶麻利地现包现煎，味道赛过同一条街面上的老邻居沧口锅贴铺专营店。三盛楼的羊肉蒸饺和猪肉大包名气也大，慕名前来尝鲜的食客常常排队。三盛楼原址拆迁后，另择新址继续经营，未再去过，不知老店风味一如往昔否？

光阴里的咖啡

二十世纪八十年代中期以前，岛城涉外的大型宾馆饭店还没有几家。前海的几座，软硬件相对高档，常有大鼻子蓝眼睛黄头发的外国人出入，在劳动人民看来，多少蒙上一层神秘色彩，不敢贸然上前。说来也巧，我上高一的时候，曾在一家大饭店的院墙外心怀忐忑地留了个影。造化弄人，没料想两年以后，我竟顺利考进了这座时有"江北第一高楼"之称的大厦。

"我要美酒加咖啡，一杯再一杯。"

这首流行音乐，在二十世纪七八十年代曾被认为是靡靡之音。那时，我只吃过一种咖啡糖，并不知咖啡为何物。初识咖啡，是在1985年的冬天。饭店实习生分配后，我被安排在外宾餐厅，专门接待住店的外籍客人，内部人员称之为"小餐厅"。餐厅的确也不大，提供的食品却是当时市面上鲜见的舶来品，黄油、果酱、奶酪、火腿，雪碧、芬达、可口可乐，我好比刘姥姥进了大观园，皆是头一次见识。眼界大开之后，随之而来的是躁动不安的心、来者不拒的胃。我每天负责的一项工作，是用咖啡壶按比例冲泡咖啡。咖啡是速溶的，有雀巢和麦氏两个品牌，雀巢颗粒稍粗，麦氏细腻若粉，都是美国货。咖啡冲泡后,香气满室,直捣心脾,正如当时那句风靡大江南北的广告词所言:味道好极了!

像大多数初饮咖啡的人一样,体验感受是五味杂陈。用青岛话说:"咖啡闻起来喷香,喝起来白苦。"起初的办法是加方糖和牛奶兑饮,后来慢慢适应了,先去糖,再减奶。自此,养成了晨起一杯咖啡的习惯,忽忽而今已四十年。

咖啡是世界三大饮料之一。以前只晓得哥伦比亚、巴西、埃塞俄比亚等国是优质咖啡的主要产地,直至到了云南普洱,才知国内亦有品质不俗的咖啡产区。普洱是个神奇的地方,此地上半年忙于普洱春茶的采摘、加工、制作,下半年则转向咖啡产业的打理。我亦曾在景迈山上采摘过熟透的咖啡豆,探访过当地的咖啡工场,留下难忘的别样印象。近些年国内城市咖啡馆如雨后春笋般遍地开花,争奇斗艳。从手冲、花式、虹吸,到便捷的胶囊、挂耳,其萃取方法的多样性吸引着年轻一代,喜饮咖啡明显胜过饮茶。当中既有赶潮流追时尚之外因,亦因咖啡越来越好喝之事实。

我去过一次加利福尼亚。在美期间,每天自觉不自觉地要和各色咖啡打照面。美国人真是不可一日无此物,咖啡馆遍布街头巷尾,亦极富情调魅力。

第一次体验美国的咖啡馆,竟是不期而遇,纯属意外。那天上午,在旧金山意大利街区闲逛,忽感内急,在朋友的点拨下,疾步拐进一家街角咖啡店中,点了一杯美式咖啡。杯子超大,售价1.99美元,倒是不贵。呷了一口香醇的咖啡,即直奔主题而去。有意思的是,卫生间的门上赫然挂有一块木牌,上面用汉英两种文字写道:只供消费者使用。看来,游客到咖啡馆里蹭方便是该旅游城市的常态,多让经营店家苦不堪言。

卸下包袱后，我落座重新打量起这家店面。柜台内只有一位女店员，手里在不停地用干布擦拭咖啡杯。其身后是几十种装在玻璃瓶中的咖啡豆，整个咖啡店的空气中弥漫着浓浓的芳香气息。尚不到中午，店内只我一个不速之客，多少有些无聊。因急于观景，仅喝下小半杯后，我便匆匆离去。

虽有几十年的喝咖啡经历，但我顶多算是个爱好者，"段位"不高。在岭南广州，曾见过七八十岁的老阿婆独自一人在早茶餐厅里慢悠悠地品着粤式早点。亦见识过上海滩的"老克勒"们，衣着正式，每天定时聚在旧式的咖啡馆里品一杯现煮咖啡。生活需要从容，多一些品质，有一点儿仪式感，挺好。

漫话鲁菜之流变

千年鲁菜,百代留香。

鲁菜,历史悠久,传承有序,其发源有迹可循。儒家学派鼻祖孔子在两千多年前,即提出了"食不厌精,脍不厌细"和"不时不食"的饮食思想。至唐宋时期,鲁菜的烹饪技法日渐成熟,并逐渐达到第一个高峰。

齐鲁大地山海相连,物阜民丰,农作物和蔬菜的种植时间久,品类多,品质优,所谓"齐带山海,膏壤千里",章丘大葱、苍山大蒜、莱芜生姜等闻名遐迩。鲁菜烹调手法也呈现出鲜明的地方特色,即擅以葱姜蒜爆锅,增香提鲜。生吃大葱大蒜,亦是山东人的日常饮食标配之一,食俗明显异于他处,山东人豪爽、侠义的性格,或与此有关。

济南菜和胶东菜,花开两朵,撑起了八大菜系之鲁菜。济南菜如敦厚朴实的山东大汉,沉稳内敛,以内陆菜见长,尤擅汤菜,代表菜有糖醋黄河鲤鱼、糟熘鱼片、汤爆双脆、爆炒腰花等,辐射泰安、德州、聊城等地。胶东菜出自沿海之烟台、威海、青岛,如灵慧可人的山东小嫚,轻松活泼,以调理海鲜为强项,兼顾内陆菜。青岛菜后来居上,另立门户,是胶东菜中的旗舰与风向标,亦好比山东小嫚中的摩登女郎,为胶东菜贴上了创新、时尚的标签。

一

鲁菜精于制汤,清汤、奶汤各有所重,以清汤为最高境界。清汤并不意味着"清汤寡水",鲁地厨师擅将动物骨汤反复调制,撇尽杂质浮沫而成顶级高汤,虽清似水,贵为至味,代表菜有清汤燕菜、佘西施舌等。国宴菜单中素有一道传统功夫菜"开水白菜",开水即指清汤。大音希声,大象无形,菜品亦是如此。奶汤蒲菜,有"济南第一汤菜"之誉,选用大明湖所产蒲菜嫩芽,以奶汤烹制,是济南菜的经典代表之一。

九转大肠是济南菜中数一数二的传统代表菜,为济南府名餐馆"九华楼"首创。说白了,九转大肠原本就是红烧大肠。经九华楼师傅们多年精烹细调,反复研制,加之用料考究,烧制中添入名贵中药砂仁、肉桂、豆蔻等,声名日隆。有资深文雅食客品尝后,夸赞其制作工艺可媲美道家的"九转仙丹",遂易其名。九转大肠口味咸甜,烹制繁复,曾是鲁菜高级厨师考级必考的功夫菜。传承正宗九转大肠制作精髓的厨师,现已可遇不可求,普通馆子里现点现食,很难吃到地道传统的九转大肠。如此下去,市肆中的九转大肠或将渐成传说。

胶东菜的前身称"福山菜",发源地是烟台福山,时称"福山帮"。清末至民初,京城宫内鲁菜御厨,"福山帮"居多数;市肆中响当当的菜馆"八大楼""八大居",绝大多数是鲁菜馆子,以"福山帮"经营者为最,居首的便是"东兴楼"。梁实秋曾写道:"北平的饭馆几乎全属烟台帮,济南帮兴起在后。""福山帮""济南帮"的走红直接或间接地催生了后来"京菜"的成形。饮食界普遍认为,京菜是以鲁菜为底子,融合宫廷和满蒙饮食,兼收并蓄津冀晋部分菜系及少量南方菜元素,杂糅而成。这当中,鲁菜的贡献不可小觑。此是鲁菜发展的第二个鼎盛时期。

"福山帮"精明能干,善于经营,勤动脑筋。二十世纪二三十年代,京城之外,鲁菜重镇青岛的三座餐饮高档馆子如顺兴楼、聚福楼与春和楼,前两家均源自烟台福山,"福山帮"在岛城一时风头无两。曾经有一种说法,"福山帮"厨师烧菜叫好的诀窍在于其独门绝技。烟台素来盛产一种小海鲜,曰"海肠",细管筒状,其味之鲜美,碾压其他海鲜。福山人擅将海肠干制后磨成细粉,装入调料瓶中,厨师烧菜时偷偷添入,秘不示人。在未发明味精的时代,此招成为"福山帮"厨艺精绝的撒手锏。

二

青岛本地人对当地所产的各色海鲜,有着自己独特的分类方式。传统上归为两大类。一类称"小海鲜",价格亲民,最接地气,以贝类为主打,约涵盖了蛤蜊、毛蛤蜊(毛蚶)、扇贝、蛏子、刀蚬、海虹(贻贝)、海蛎子(牡蛎)、小海螺、香螺、辣螺等各种螺类,以及八带蛸(章鱼)、蛎虾、虾虎、海星、海胆、末货等。其余的虽大都归入"大海鲜"范畴,但本地人却并无此种叫法。"大海鲜"一般是指海参、鲍鱼、对虾、螃蟹、大海螺,以及各种海捕鱼类等相对高档的海鲜。

餐桌上，大海鲜支撑场面，小海鲜满足味蕾。

青岛菜筵席讲究，以大海鲜点睛，小海鲜铺底，原则上要有一整条海捕鱼，以示隆重。若要上档次，可再加海参、鲍鱼、对虾等，基本算是常态。

冷菜，在席中热菜上桌间隔时，起调剂缓冲作用。以岛城为例，海鲜类冷盘中会有几个必选项，分别是冻菜凉粉、菠菜拌毛蛤蜊、白菜拌海蜇皮、黄瓜拌海螺片、小葱拌八带、腊八蒜拌扇贝和五香熏鲅鱼等，最显渔岛地方特色。

小海鲜的烹制，多以蒸食为主，最能保留食物本味，技术含量并不高。

青岛菜的经典名品，无一例外出自"大海鲜"。传统的代表菜有葱烧海参、煎大虾、原壳鲍鱼、清蒸加吉鱼、油爆螺片和爆炒乌鱼花等。此类菜品烹制精良，口味和形式上相对传统，多见于正式场合。如煎大虾，其在1989年第二届鲁菜大赛中，是二十款获奖优秀菜之一，获奖牌匾即挂在我原先供职的饭店餐饮厅里，后成为鲁菜的经典代表菜。煎大虾又称"红袍大虾"，选料为黄海或渤海海域的对虾，以春虾为贵。"对虾"是胶东当地的叫法，昔年胶东地区渔市所售大虾，两只一对撂摊售卖，故名。此菜成品色泽红亮，口味鲜甜，装盘透着喜庆，制作费时费力。如今，本地海鲜餐馆多将此改良为"大虾烧白菜"，用当地名产胶州大白菜锁住对虾流出的虾油和鲜汁，使之成为最接地气的改良版本帮特色菜。

有一类海鲜，因其小众和高端，难见于普通餐桌，却在美食江湖上，留有神话般的传说。

乌鱼蛋，海洋美食名品。梁实秋先生在《雅舍谈吃》中有专门介绍的文章《乌鱼钱》，只不过梁实秋先生将其误认为是墨鱼的子宫罢了。乌鱼蛋是雌乌贼，内呈薄片状粘连在一起。费上工夫，将其一片片剥离，即可氽汤。漂浮在汤中的乌鱼蛋薄片如浮起之古钱，雅称"乌鱼钱"。酸辣乌鱼蛋汤，既是胶东菜的经典名品，亦是国宴的汤菜之一。

乌鱼蛋宜用高汤煲之，配料的秘籍是优质的酸黄瓜和上乘的胡椒粉，解腥增鲜，缺一味道即失之平淡。另佐有米醋、芫荽末等，用淀粉勾薄芡而成。其味酸辣适口，亦营养开胃。

"更有诸城来美味，西施舌进玉盘中"，这是清代郑板桥在做潍县县令时所作的《潍县竹枝词》。《本草从新》记载，西施舌"补阴、益精、润脏腑、止烦渴"。青岛市黄岛区泊里镇所产西施舌，品质上乘，秋季多产，以深冬所采挖者最为肥美。

1972年8月，柬埔寨西哈努克亲王首次访问青岛，受到当地万余群众的夹道欢迎，盛况空前。此前，西哈努克亲王曾到访过上海、杭州、济南等地，他谙熟中国美食，是位实打实的国际美食家。青岛方面组织烹饪大师精心设计了欢迎宴会菜单，除传统鲁菜大菜"通天燕菜""鸳鸯鱼翅"之外，一道地方名产"芙蓉西施舌"，受到见多识广的亲王的高度称赞。其余的"原壳鲍鱼""烩全蟹"等创新菜，也成为日后青岛菜的优秀代表。

无独有偶。事隔月余，日本首相田中角荣首次访华，开启中日邦交破冰之旅。来华前，田中角荣做足了各方面功课，包括美食。据说他查阅清宫食谱，发现名曰"西施舌"之食物，未曾见过，遂婉转提出，欲来华一尝为快。收到任务后，原胶南县泊里镇大岚村的村民连夜下海采挖，并趁鲜运往京城。彼时做的菜名曰"氽西施舌"，其最讲究的吃法，是只选取西施舌大半个舌尖之肉，以高级清汤和原汁煨之。余之内脏等皆舍，方达味之极致。另佐以竹荪、菜心点缀。此亦是国宴菜式之一。此后，西施舌之雅名不胫而走。

说起来，西施舌在当地并不算名贵食材，归于小海鲜范畴，此物对水质要求极高，且产量稀少，不可养殖，遂物以稀为贵了。

经年之秋，我曾在海滨某地吃过一回"原汁西施舌"，连壳带肉浸在汤盅里。西施舌入口碜牙，令人败兴，非但可惜了一碗鲜汤，还白白唐突了美人西施。美食若烹调失法，实在是暴殄天物，大煞风景。

三

东酸西辣，南甜北咸。

传统鲁菜中，起菜名讲究一个雅字，仅举一例。从前凡沾"蛋"字边的菜品，一律用异名替代。如乌鱼蛋，称为"乌鱼钱"。梁实秋解释说："蛋"字不雅。"蛋"字如何不雅？梁实秋未细说，据推测是清朝时避宫中太监所讳。

前文提到，西哈努克亲王访问青岛时，欢迎宴会上曾有一道传统名菜"芙蓉西施舌"呈现。芙蓉，即蒸鸡蛋羹，主料是鸡蛋白，以此打底，上覆数枚西施舌，浇亮白芡汁。类似的菜品还有芙蓉虾仁、芙蓉鲜贝、芙蓉鸡片等。

"日啖荔枝三百颗，不辞长作岭南人。"苏东坡被贬惠州时，写下了这首脍炙人口的《食荔枝二首·其二》，其再被贬儋州时，在物质极为匮乏的海南，发现了生蚝之美味，并自创烤生蚝。他在给儿子的信中幽默地写道：千万不能把生蚝好吃的秘密告诉朝中之人，免得他们都来分享。苏东坡无论身处顺境逆境，皆能以美食聊以慰藉，其食罢河豚发出的"也值一死"之赞叹留下千古美谈，是大美食家无疑。苏东坡被贬黄州时所研发的东坡肉，"慢着火，少着水，火候足时它自美"，成为中国饮食史上不容忽视的名人菜。

鲁菜中有一款经典名人菜传播率虽高，但其背后隐藏的名人故事却鲜有人知，即鲁菜中的传统菜"宫保鸡丁"。有餐馆将其写成"宫爆鸡丁"，显然是望文生义，不明就里了。

宫保鸡丁中的"宫保"，特指晚清重臣丁宝桢，其被授予"太子太保"，是"宫保"中的一级荣誉官衔。丁宝桢是贵州织金人，此地人擅烹辣子鸡，将鸡肉切成小丁，与笋丁、辣椒等同炒，味鲜美，下饭。丁宝桢上任山东巡抚后，家厨将此菜带至济南，入乡随俗，烹调时又加入了山东名产大花生仁，口感更富变化。其后，丁宝桢转任四川总督，宫保鸡丁在香辣的基础上，增添了青花椒的"麻"味，最终成为一道家喻户晓的传统名菜。故而，鲁菜、川菜、贵菜皆称宫保鸡丁属于自家菜系，都有道理。

四

八大菜系皆有主流支流，鲁菜概不例外，尤以"孔府菜"和"博山菜"素来自成饮食体系，影响一方。

孔府菜，鲁菜的重要支流之一。曲阜曾是鲁国故都，某种程度上，孔府菜相当于一种"官府菜"，烹调精良，摆盘讲究，菜品注重程式和规矩，用现在的话讲，仪式感很强。什么级别、什么档次的筵席，几道干果、几道鲜果、几道冷拼、几道热炒、几道面食、几道点心，规范严苛。其代表菜有诗礼银杏、御带虾仁、当朝一品锅、御笔猴头、带子上朝、怀抱鲤等。孔府菜又称"天下第一菜"，名气颇大，但受地域限制，仍属小众，影响面亦受局限。

值得一提的是，2018年上海合作组织青岛峰会在青岛隆重举行，欢迎宴会的国宴菜单即选择以孔府菜为主基调，主菜包括孔府一品八珍粥、神仙鸭子、焦熘鱼等，应和了孔府菜一贯的定位，有助于传播儒家文化。此是孔府菜发展史上的高光时刻。

博山菜也有来头。

淄博原为齐国故都，地居内陆，与齐之沿海地区饮食习惯不同。有一说，淄博博山是鲁菜的发源地。古都淄博市井繁华，陶瓷、琉璃等产业发达，工商业的繁荣兴盛催生了自身饮食体系的形成，也为后来鲁菜的成形和丰富提供了营养。博山菜被认为是鲁中菜的典型代表，口味更接近于鲁地之济南菜系，从代表菜博山酥锅、博山炸肉、博山丸子、博山豆腐箱、博山烩菜中，可窥斑见豹。

体系像经络一样复杂繁密的齐鲁地方菜，使得历史悠久且灿烂的千年鲁菜丰满、充盈起来，其功在当代，泽及后世。

四万食事

豐收圖

余生於農家長于鄉間一門弱小食口眾多些然多田間黃刀艾栽石加惟母親與祖父可以薅禱故余昔時即興祖父作田中撞天罐豆宗人范成大詩曉出排秧薄陰罩耕俄也傍篝耽豆賣酒童孫古詩如煙黑之現似用而遙章孫去餅供耕餓也傍篝耽豆今之豐收圖以為不忘若悟
庚子丑月又明寄園以為[印]
[印] 頫畿[印]

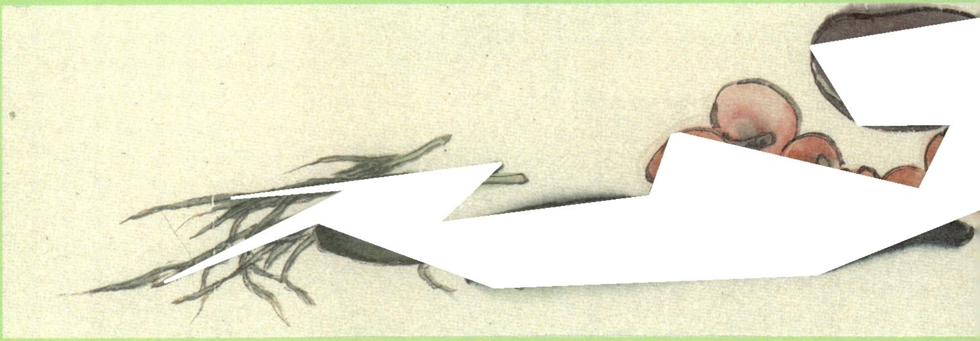

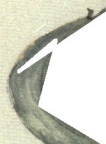

山中歲月

人間夏至

憶此味久矣時鄉居宅前園中嘗植畫中之物檐歲月憶清歡齒頰長必龍峰長兄屬龍峰長兄屬庚子五月鳳山樓出于七情定館之

澳门食光

有人说，美食是打开澳门的一把钥匙。

昔年两度来澳，皆是蜻蜓点水，走马观花。只有深度体味澳门才发现，这里不愧是真正的世界美食荟萃之地。川菜、粤菜、葡菜、马来菜、印尼菜、日本菜、泰国菜、西餐等等，各美其美，以各自手中的独门秘籍，招来众多拥趸。人在澳门，没有水土不服之说，无论你偏好何种口味，皆能在此找到适合自己胃口的旧爱新欢。

果栏街"荣记豆腐面食"狭窄的店堂里，永远坐满了慕名而来的四方食客。豆腐花，北方人称豆腐脑，多咸鲜口味。荣记豆腐花不走寻常路，全手工制作，出品的豆腐花洁白、嫩滑，以姜糖浆水为卤，当作糖水来吃，成功"出圈"，入选米其林街头小食。小吃店做出大名堂，是澳门的典型代表之一。

世人皆知澳门的葡式蛋挞鼎鼎有名，以安德鲁饼店出品为公认"顶流"，每天等待吃上这口美食的饕餮客们，自觉在店门口排起长龙。安德鲁饼店最初开在较远的路环，如今官也街和威尼斯人度假村大运河购物中心都设有分店，家家火爆。其实澳门流行的蛋挞除葡式之外兼有港式，多出自随处可见的港式茶餐厅。葡式蛋挞的客户群以游客居多，港式蛋挞则以粤港澳食客为主，其外皮酥香，内部柔软有弹性，奶味足，甜度适中，入口犹似布丁，喜食者亦众。这也是港式蛋挞能与虾饺、叉烧包、干蒸烧卖一起，跻身粤式早茶"四大天王"的秘密。

十几年前，我曾写过澳门的街头小吃鱼蛋，今番故地重游，略得余暇，急切地奔赴街头小摊，旧味重觅。澳门鱼蛋以咖喱口味为佳，入嘴弹性十足，鲜香充盈舌尖，形式上也亲民。说来鱼蛋并非澳门独有的小食，邻近的福州、广州、潮州皆出，我也都吃过，不知何故，只有澳门的鱼蛋给我留下挥之不去的念想，多年来，虽不能至，心向往之。

与鱼蛋同时留下深刻印象的，是猪扒包。猪扒包并不是包子，而是将椭圆形的猪仔面包横切开，夹上猪扒的"澳式汉堡包"，其核心竞争力是腌制过的烤猪扒，口感略微似蜜汁叉烧，但甜度有所降低，真是好吃。"大利来记"猪扒包连锁店之出品最负盛名。

说到蜜汁叉烧，绝对是澳门人最青睐的美食之一，渔人码头"励皇轩"的出品，鲜腴、甜美，品质不俗。大堂区缆厂巷的"芬记烧腊"小店，离标志性建筑大三八牌坊不远，其秘制的叉烧远近闻名，只供应午市。每天不等小店开门，门口食客即排起长龙。若碰巧蜜汁叉烧售罄，试试店里的熏蹄和油鸡，味道亦美。

昔年曾屡赴羊城，每至，必食甜点菠萝包，甜香、酥软，连掉落盘中的脆渣都不忍舍弃。澳门的菠萝包是港式茶餐厅中的标配，出品亦靓。此地人吃菠萝包，现烤现卖，从中间将面包横切开来，再夹上两片厚厚的黄油，食之，融化的黄油从嘴角溢出,甜香盈口,极度舒适,故澳门人称这种面包为"菠萝油"。

官也街,位于澳门氹仔岛,是最具烟火气息的一条百年老街,更是小吃手信摊档林立的资深美食街。小街仅百余米,却集中了钜记、英记、文记等品牌饼家手信店,猪肉脯店和诸多葡式餐厅、冷食店、咖啡店。街上的时尚青年男女,手拿一客猫山王榴莲冰激凌,或是一瓶凤城老酸奶、一杯冰柠檬茶,神情怡然自乐,陶醉其中。

在内地,把卤水牛杂当作小吃而自成特色的地方不少,福建、四川、广西、广东、江西等省份,嗜此口味者至多。今年春天,在武汉万松园美食街夜市上也遇到过冒着热气的牛杂档口,虽然晚饭吃得很饱,还是忍不住买了一小份,当街吃将起来。当然,要说吃得最多的城市,还得数广州,老广们料理的牛杂软烂、入味、口感好,绝对是美味。澳门人也极爱吃牛杂,商业街区的卤水牛杂店多到几步一家的程度,欲知哪家牛杂口味超群"出圈",诀窍就看门口食客排队人数的多寡。卤水牛杂一般有牛肚、牛肠、牛筋、牛胃、牛肺、牛膀等原料,佐以白萝卜同煮;以辣椒、咖喱口味为主,"氹仔大排档"的老板娘说,这是地道澳门味道。吃来吃去,还得算咖喱牛杂最合口味。官也街上的店铺多而密,竞争全凭好口碑。论老街上食客排队长度的冠亚军,通常是安德鲁葡式蛋挞和老 Day 牛杂店,所出皆是爆品。

澳门本土餐厅的广告灯箱和招贴彩画上,无一例外会有"水蟹粥"的推介,此是澳门最具特色的餐食之一。原料选取本地螃蟹,大卸八块后,投入生滚粥中同煲,待蟹之鲜汁完全浸透白粥之后,加入姜丝出锅。其味之美,打耳光也不放手。

广东人爱吃烤乳猪，视其为大事、喜事筵席中的传统大菜，亦是硬菜，兼具仪式感。澳门人乐食烤乳猪，比广东人有过之而无不及。此地的烤乳猪有葡式和粤式两种，选材比广东的乳猪个头和分量还要小，通常不过七八斤的样子，口感自然也就还要出彩。葡式的烤乳猪腌制后用烤箱烘烤，整只切块装盘食用。粤式的烤乳猪沿用了明炉人工炙烤的传统工艺，成品后，皮肉须分离开来，吃法类似北京烤鸭，可以卷单饼食之，我更偏爱蘸白砂糖的传统吃法。澳门的烤乳猪讲究现烤热食，酥皮嘎嘣脆，肉嫩滑，食之满口爆浆，可说是本埠美食的代表菜之一。

美食无死角，是澳门城市的一抹亮色，偶然路过一条窄巷、一处街角、一家小档，邂逅美味的概率都很高。澳门的甜品出落得美而佳，杏仁露、双皮奶、杨汁甘露、榴莲糯米沙沙、大菜糕、木糠布丁、冰镇甘蔗汁，皆不可错过，颇值得一试。

告利雅施利华街是氹仔老城一条不太起眼的马路，和不远处的官也街相比，甚至略显冷清。邻街的一档小餐馆名曰"谭家鱼翅"，店堂里的柔光温暖、可亲。晚餐时段，楼上楼下座无虚席，店家料理的砂锅鱼翅现煲现卖，自路边玻璃窗里可细观其出品。滋滋冒油的翅丝煲配上一碗喷香的白米饭，很对味。一份1.8两的黄焖大排翅仅售48澳门币，如果不是亲眼所见，难以想象这种相对高档的食材搁在澳门也可以是小吃，平常、实惠、亲民。

在我看来，咖喱鱼蛋、猪扒包和卤水牛杂是澳门街头小吃的三大特色。澳门城区面积并不大，却分布有三千多家各色餐厅，来这里寻味美食的品鉴之旅，似乎永远在路上。

舌尖上的陕甘宁

一

"几回回梦里回延安,双手搂定宝塔山。"少时读诗人贺敬之的名篇《回延安》,感到延安神圣而遥不可及。

延安革命圣地的象征宝塔山和枣园、杨家岭等红色旧址是必到之处,令人向往;而市中心二道街的夜市一条街,近年来在美食江湖上知名度颇高,亦是必来的"网红打卡"体验之地。

车过宝塔山不远,即见一座仿古汉白玉牌坊,二道街夜市即坐落于此。街中的美食摊位呈T字状散开,周边特色商户百余家,以风味小吃为主打。既有成片的门头房小店,亦不乏排列齐整的当街食摊,人气皆是不俗。观光客和本地年轻男女三三两两,出入频繁。

早听说二道街的麻辣羊蹄鼎鼎有名,今番一到,直奔"陕北李老二羊蹄"而去,据说他家的出品正宗地道,口碑好。

在中国的饮食文化历史上,食动物的蹄爪类自成体系,流传的菜品如熏猪蹄、芥末鸭掌、卤水鹅掌等,菜名直白易懂。唯有鸡爪被雅称为"凤爪",可能取自"落地凤凰不如鸡"

之谑意。豉汁蒸凤爪亦是广东早茶中"点击率"超高的人气小笼。

此些食材，我皆在不同年代品尝过，唯独并不鲜见的羊蹄从未吃到。百里不同俗，北方人喜食猪蹄，南方人独爱掌类，看来陕北人乐啃羊蹄。到了延安，这堂美食课不可不补。

陕北羊蹄的做法，分为烤羊蹄和卤煮羊蹄两派，吃口以后者为佳。和满口货猪蹄的丰腴不同，羊蹄个头不大，其实并无多少肉可食，主要啃其皮和筋，即胶原蛋白，肉量亦不及猪蹄的三分之一。故一份煮羊蹄多为三只，食罢尚不觉撑人。周遭食客点两份基本算是标配，年轻的女孩子们也不含糊，当街坐下吃起来，巾帼不让须眉。

西北人喜酸食辣，羊蹄的味道便是如此。偌大的两口大镬中，羊蹄咕噜咕噜冒着热气，浸在混合着红辣椒碎的卤水中。蹄子已煮至酥烂脱骨，往碗里盛时多呈散架状态，摊主小心而麻利，保持其形。羊蹄入口微酸微辣，吮着啃着，香糯之气上升，余味在口腔中慢慢回旋，令人欲罢不能。真是好吃！旺季高峰时，小店一天可卖出三千只羊蹄。

陕北的羊多是山羊，羊肉普遍无膻味，据说是因为爱吃山坡上一种叫地椒的野草，当地人俗称"百里香"，有天然去膻味的效果。

麻辣羊蹄无疑是延安美食界的小吃之星。羊头肉、羊肚汤、羊杂碎汤和煮羊肉、羊脑花等，佐以现做现卖、喷喷香的"油旋"（类似葱油饼和家常饼的一种面食）下饭，原汁原味原生态，是打耳光也不放手的陕北传统美味。以"老师家羊杂碎"小店出品最为地道，为陕西省的非遗类美食，亦是延安老字号。此开间不大的小食店内，常是熙来攘往，一座难求。

喜爱烤羊肉串的食客，在延安不可错过其独有的吃法，当地人称"蘸着醋泡蒜吃"。即用烤串的铁钎子头戳上一片片醋泡蒜，与烤羊肉一起入口，食之印象亦深。

陕北人不可一日无面食，延安面点类的小吃多得令人眼花缭乱，饸饹、荞面、杂面、枣饼、油糕，以及洋芋擦擦、烤面筋、头肚粉汤等，味厚而实惠，一如民风淳朴的陕北人。

二

有人说，兰州人的一天，是从一碗热腾腾的"牛大"开始的。

中国的城市之中，论起因一道美食而声名远播的典范，出品扬州炒饭的扬州市和盛产兰州牛肉拉面的兰州市，是当仁不让的冠亚军。

人到甘肃兰州地界，常规动作是立马去寻一家正宗的拉面馆，抚慰一下躁动的肠胃。当地朋友介绍，兰州拉面馆多是青海人过来开的。各城市雨后春笋般林立的兰州牛肉拉面馆，原来竟与兰州关系不大。兰州人亲切地称牛肉面为"牛大"。

史料记载，兰州牛肉面始于清朝嘉庆年间，系东乡族马六七从河南省怀庆府清化陈维精处学成带入兰州的。阿西娅，兰州的清真连锁餐厅，出品正宗地道的兰州牛肉面和地方风味小食，口碑不俗，食客盈门。其牛肉面有"一清二白三红四绿五黄"之讲究。清，是指面汤清透，不浑不浊，与陆文夫名篇《美食家》中主人公朱自治毕生追求的头汤面，在食理上异曲同工。白，指面浇头中添有五六片白萝卜，能去腥解腻开胃。红，是一勺通红的辣子，喷香，微微辣，不谙吃辣者亦可食之无忧，加之愈显风味。绿，指撒在面条上的香菜和蒜苗，它们的新鲜翠绿为整碗面增添了生机和清新感。黄，则是指手擀面中添加了鸡蛋，色微黄，筋道，口感顺滑。此乃经典兰州牛肉面之面貌。

  饭桌上，每客面前放有一头鲜蒜，我萌生好奇。难道陇上人家与山东人一样也喜食此物？"吃肉不吃蒜，营养少一半。"朋友笑着解释道。果然，烤羊排、卤煮羊脖、洋芋烧牛腩，硬菜一道道呈现，还真多亏了大蒜的消食功能。我不动声色，将盘中一大块烧至软烂的牛腩拖入面碗中。牛腩连着板筋，入味深透，前一口软，后一口筋道，滋味无穷。这碗牛肉面，我吃出了双料的味道。

  兰州人可以一日三餐食面而不觉絮烦。吃兰州牛肉面有不少门道，面条的种类即有大宽、二宽、韭叶、一窝丝、荞麦棱等，还有二细、三细、细、毛细加以区分。吃来吃去，我还是喜欢一碗毛细的牛肉加卤蛋的，被当地人称为"肉蛋双飞"的牛肉面。

  清真风味的小食，此地琳琅满目，应接不暇。我喜甜食，故认为"甜醅子、软儿梨、灰豆子"是此地小食中的"三绝"。

  甜醅子，据说发源于甘肃临夏，原料多为莜麦或青稞，加曲发酵而成，清香甘甜，似与江南的醪糟甜酒酿是表亲。

  "冰天雪地软儿梨，瓜果城中第一奇。满树红颜人不取，清香偏待化成泥。"昔年，书法家、资深美食家于右任先生曾作诗咏赞软儿梨。软儿梨又称"冻梨"，是兰州人的心头好。此梨秋末冬初成熟，青中泛红，却又酸又涩。当地人将其静置两月，待到霜降雪落之时，软儿梨经过一番糖化反应后，化腐朽为神奇。此时，轻轻揭去浅褐色的梨皮，用小匙伸入梨肉中挖着吃，与食冰激凌相仿佛，口感香软甜蜜，亦能化食解腻，当地人形象地称之为"天然水果冰激凌"。

灰豆子同样深得女孩子们喜爱，选料为兰州特有的麻豌豆，掺入红枣和冰糖慢火熬成。进入秋冬季，天气转凉，当街来上一碗热腾腾的灰豆子，沙糯甜香，市井人间烟火气息扑面而来。

兰州是少数民族聚居区，清真面点争奇斗巧。比较有代表性的，有蜂蜜油果子、五仁锅盔、荏籽饼、糖油酥、馓子、油香、青稞饼及牛奶饭等。用香米和牛奶烤制而成的牛奶饭，奶香四溢，深得我心。此外，多数餐厅食府皆自制酸奶，撒上什锦果仁食用，令人咂舌难忘。

正宁路小吃街是兰州人的深夜食堂，也是各门类、各派系小吃的美食江湖。红柳烤肉、牛奶鸡蛋醪糟，都是人气超高的地方名吃。清真老马家国华出品的醪糟，是这条小吃街上的"顶流"，档口前大排长龙，蔚成一景。

此地人饮茶也不乏特色。其特色茶饮称作"三炮台"，由绿茶尖及炒过的大枣、桂圆、葡萄干、枸杞、杏干、玫瑰花蕾和冰糖八味组合而成，饮之有花果香，颇甜。

兰州出百合，品质甲天下。兰州百合生三年，养三年，长三年，历九年成熟，堪称"蔬中人参"。兰州百合个头大过山东苍山大蒜，可药食两用。空口生食百合，滋味清甜，味在荸荠与莲藕之间。

金城兰州，一座原先没有拉面，却因牛肉拉面而"走红"

的城市，到过此地始知，兰州牛肉面不过是个引子，这儿街面上好吃的小食多着哩！

放宽心，吃好粉，陇中定西的宽粉也是一绝。独特的地理自然条件使定西成为中国的"薯都"。马铃薯宽粉成品约两指宽，洁白鲜亮，薄如蝉翼，流汁宽粉是定西的传统小吃，宽粉煮熟后，如玻璃般透明，入口筋道弹牙，香辣酸爽，百食不厌。其外，砂锅牛肉宽粉、酸辣宽粉、浆水宽粉、麻辣拌宽粉等各有拥趸，是广布于定西街头巷尾的小吃。

在定西，初次尝试了冰抓羊肉，即冷食版的手抓羊肉，其质地紧密，肉中带冻，腴而不腻。甫一入嘴，一股凉意袭来，几滴肉冻从嘴角涌出，口感爆浆，食过让人牵肠挂肚。

暮春时节，陇南文县群山夹峙的盘山道两旁，一边是怒放的槐花、桐花、晚樱、小叶李，一边有蜿蜒潺流的山间溪水哗哗作响。海拔一千两百米高处，一垄垄的油菜花在阳光的照射下黄灿灿的，开得正盛；而海拔在千米以下的油菜，已至花期的尾声，多见叶梗，少着黄花。远处渐近的雪山积雪犹密；山之阳，漫坡遍布的高山油菜花、杏花、沙梨花参差错落。两个看似完全不搭边的世界这么完美浓缩在一起，令人拍案惊奇。

沿途山居农家小院多植有枇杷树，江南有民谚曰"小满枇杷半坡黄"，此地枇杷个头硕大，吃口清甜。

文县亦是闻名遐迩的美食之乡，其饮馔之美胜在野趣盎然。春天的山间，遍生可食之野菜，如灰灰菜、折耳根、水蕨菜，或凉拌，或烹炒，食之，有一股大山自带的清香野逸之气。一种叫凉刺尖的山野菜，嫩绿芽叶中夹着一串串含苞粉白色小花，貌似槐花，拌食极清口。当地人称为"露韭"

的野菜，学名薤白，裹面炸食后犹似面鱼，最宜凉拌，搭配文县特色面食酸菜荞麦面，有奇鲜。

此处的梅菜扣肉不走寻常路，自成一格。所谓的梅菜其实也是一种野菜，晒干洗净后与扣肉一同蒸食。扣肉，选用山居农家烟熏土年猪之五花肉，腊香充盈，肥腴适口，其味不易忘。

自古高山出佳茗。文县马家山地处北纬33度左右，海拔千米以上的山区云雾缭绕，负氧离子含量高，种植有成片的高山茶田。茶树高高低低，依山势而植。低树，仅高二三十厘米的样子，更像盆栽；高树，可达成人眉眼处。此地是优等高山绿茶的产地，炒制出高原扁茶、龙井43号、毛峰等春茶珍品。以山泉水冲泡，玻璃杯中茶芽分立上下两端，含情脉脉相互注视，极美。啜饮一口，豆香清香兼而有之，确为好茶！

如诗似画的山区茶田里，三五成群的采茶女身背竹篓，正忙着抢摘雨前茶。再过一个星期，过了谷雨时节，茶叶的质量等级就不可同日而语了。头戴蓝色花头巾的采茶女，把一篓篓鲜茶芽叶集中倒入一个特大竹篮里，脸上漾出了灿烂的笑容。远处，头戴插有锦鸡羽毛的毡帽、身着民族服装的白马藏族姑娘，唱起了婉转悠扬的山歌。一时间竟有些许恍惚，是甘南耶？江南耶？陇上江南也！

有一类美食喜欢剑走偏锋。

文县碧口镇自古就是甘川两省重要的水陆码头，名列甘肃四大名镇之首。当地民间出产一种色泽暗红的红豆腐，外裹一层青菜叶，发酵后，闻之臭腐不堪。入口咸，微麻，中有异香，配上农家的发面花馍，很下饭。自此，我的嗜臭之旅又添新品。

纹党参是中药材党参中的一种，文县为其重要产地。史料记载，明末，白龙江上木船从文县碧口镇通达嘉陵江后，船只可直航重庆、武汉、上海等大城市，纹党自此走向世界，药商亦纷纷进驻碧口镇。明清以后，碧口成为沟通西南与西北的物资集散地，人称"小上海"。当下，以纹党参为原料的健康饮料"纹党宝"，以其独特的风味成为新晋时尚饮品。而用高粱、小麦、青稞、荞麦酿出的"咂杆酒"，闻之如醪糟，饮之若甘饴，酒精含量极低，为当地待客之别样乡土风味。

空口喝下橄榄油，这种不同寻常的饮食方式，我以前从未尝试，在陇南武都已沿袭成俗。初榨橄榄油入口，有种早晨割过青草样的清香气，在口腔里停留片刻，慢慢咽下，回味微辣。当地人说，这是优质初榨橄榄油的标志性口感。

陇南有"东方地中海，陇上小江南"之誉，武都区由于得天独厚的地理环境和自然条件，成为中国原产橄榄油的核心之地。

三

"塞上江南"宁夏为西夏故地，历史悠久，文化灿烂，美食荟萃。作为少数民族回族的主要聚居区之一，此地吃食亦以清真食品为主打，尤以品质超群的羊肉最为出彩。宁夏人日常饮食离不开羊肉，外地人来宁，不可不食、不品羊肉。

手抓羊肉，是当地菜馆饭店中最为常见的菜品，搭配特制的蘸料，口感上乘，为食客们所好，其品质明显优于其他地区。此外，炭烤羊排、孜然炒羊排、香辣烤羊尾等，一菜一格，皆是不俗。

宁夏羊肉中的上品，还得数盐池滩羊，位列宁夏"五宝"之一。用枸杞、甘草、红枣、决明子和当归料理的五宝蒸全羊，成品耗时近四小时，是响当当的清真金牌名菜，吃此菜亦是当地人待客的最高礼遇。蒸全羊推上桌，身覆红绸，头戴红花，富有浓浓的仪式感。服务生先行介绍滩羊的特点和制作方法，随后向主宾敬献美酒，由主宾剪彩后，再分割大块的全羊入席。滩羊脂肪分布均匀，肉质软烂，不膻不膻，香气扑鼻，入口极度舒适。走遍国内诸地，啖羊无数，唯此羊堪称完美，时有"食盐池滩羊，天下无羊"之赞叹。

去宁夏之前，银川的朋友提醒我，一定要品尝一下他们家乡的羊杂碎，说别处没有。我有些将信将疑，试过之后，方知此言不虚。

羊杂碎，宁夏传统的市井小吃之一，由羊肝、羊肠、羊肚、羊头肉等原料制作而成，汤食。同样是羊杂碎，宁夏版的特别之处，是内中加入了当地特有的食材"面肺"。面肺，是将羊肺洗净血水后，灌入调好的面糊，扎紧肺管，煮熟，放凉后切成细条状。面中有肺，肺中有面，加入羊杂中熬制。面肺中的面吸足了汤中的精华，软硬适中。再添加一勺羊油熬制成的辣子入碗，异香扑鼻，果然有其过人之处。羊杂碎不但是人见人爱的传统街头小食，也是当地人心目中的传统早餐。在宁夏，一碗撒满葱花蒜苗的羊杂碎，再添一只面饼，是不少上班族的早餐"高配"。喝一口羊杂碎汤，揪一口面饼，不啻市井生活的一种享受。更有喜食面肺者，会单要一份面肺汤，面肺在宁夏人心目中的地位可窥一斑。

宁夏人日常也爱吃面条，但与兰州人爱吃牛肉面不同。

此地人喜食臊子面，以羊肉臊子面为最爱。汤汤水水，食后体热胃暖，相当过瘾。蒿子面，则以其独特的口感，深得当地食客青睐。据说其发源于宁夏中宁县，每逢小孩满月或百日，夫妻新婚等喜庆场合，皆要食此面以示庆贺。因面中掺入了野生植物沙蒿子磨成的粉，入嘴筋道，清爽适口，兼有些许野逸之气。坊间有民谚道："中宁丫头擀的好长面，擀得薄，切得细，提起来，一根线，下到锅里骨碌碌转，捞到碗里赛丝线……"可见此面拥趸众多。

入秋季节，塞上凉风习习，贺兰山下，正值野生酸枣成熟的季节。当地人此季喜饮酸枣茶，现熬现喝。嗜甜者可添加玫瑰蜂蜜，酸甜味美，别处少见。

在宁夏首府银川，涮羊肉处有德隆楼、迎宾楼，吃羊肉处有清真老字号仙鹤楼、德鼎逸品等名店。作为北方人，平生食饺子无数，而银川仙鹤楼的羊肉饺子鲜有可敌者。

别样徽菜

三十多年前我学餐饮那会儿,即知徽菜的特点是"重油、重色、重火候"。与鲁菜分支胶东菜注重清淡的做法,似乎南辕北辙。二十世纪九十年代初,我去了黄山、芜湖和合肥,品食了黄山的油焖春笋和合肥的红烧肉等,果不其然,菜色红润润、油汪汪,火候老到,尤其适合下饭,正宗徽菜无疑。自此对徽菜另眼相看。

过了些年月,我陆续又去了歙县、黟县等地,徽菜吃得多了,难免心生疑问。不晓得安徽人的口味是怎么一回事,竟然偏好腐臭之食。好端端活蹦乱跳的新鲜鳜鱼,非得千方百计弄臭了再吃,竟然还吃成了地方代表菜。这便是徽菜中扛把子的经典名馔:臭鳜鱼。

我对饮食的口味向来包容有加,酸甜苦辣,咸鲜香臭,皆不挑食。更对有些食客避而远之的食材,诸如又苦又腥的折耳根(鱼腥草)、至咸至干的虾子鲞鱼等钟爱不已。同样,对于老北京臭豆腐乳、绍兴臭豆腐、南京霉豆腐、徽州毛豆腐和胶东发酵虾酱,乃至法国蓝纹奶酪这类腐臭味之食,虽然算不上偏爱,但见之仍愿入口一品,领略不同地域的饮食风味。但唯独面对徽菜臭鳜鱼的那种复杂滋味,真是说不出一点儿赞美的话来。

旧时,食物之臭乃是保鲜失败所致,是没办法的事情。饮食文化发展至今,食物保鲜早已不是什么难题。嗜好有臭味之食,已属个人食趣。徽菜的臭鳜鱼之所以选用活鱼腌制,其中最重要的原因是,活鱼现杀有新鲜血渍,快速抹上一层盐后,便于鲜鱼快速发酵,达到既鲜又臭的效果。将鳜鱼在樟木桶中码好,上盖,用大石块压紧盖子,第二天便开始发酵。再过一天,腐臭味渐出,鱼眼变红。其味道在似臭非臭之间时,即可入锅烹调。黄山人的年夜饭缺不了它。

在徽州,还有两种不同风格的臭豆腐,一白一黑,一煎一炸,吃起来也有意思。二十年前,在渔梁坝临江的一座农家院里,第一次见识了徽州毛豆腐。农家大婶自屋梁上取下大竹篮,内盛一块块比麻将牌略大的豆腐,排列有序,豆腐块上皆长出又细又长的白毛。大婶将毛豆腐入油锅煎至两面微黄,配上一碟辣椒酱,端上桌来。入口有淡淡的臭味,很快就被辣椒酱的咸辣压了下去,味道还不错。另外一种霉黑色的臭豆腐,臭味就大了许多。店家说,他家的卤汁是祖传老卤,盛在一口大陶瓷缸中,至今存了一百多年,但定时会添入一些新卤来融合。这种卤过的臭豆腐,要炸后再点上一点儿辣椒酱合着吃才算正宗,味道也好。

诚然,徽菜亦不乏非臭味名吃,徽州一品锅绝对是其中的佼佼者。一品锅是徽州的传统名菜,据说始于明代石台县四部尚书毕锵的一品诰命夫人余氏,传承弥久,后被胡适先生发扬光大。二十年前我在歙县的老城中亦曾品尝过。胡适是徽州绩溪上庄人,为人随和温情,喜交朋友,乐于助人,在民国有超高人气。胡宅的看家拿手菜"胡氏一品锅",为民国时期家宴餐桌上的一道风景线，远近闻名。据说，胡适先生家中所出之品选料比前人更加考究，用一口大锅码放食材，一层鸡一层鸭，一层腊肉一层油豆腐，再点缀一层蛋卷皮，用新鲜萝卜青菜等打底。食材不厌其精，烹调不厌其细，味极鲜美。

　　而今，这些徽菜名吃同石耳炖土鸡、火腿烧甲鱼、砂锅烧黄鳝、徽派红烧肉等一干耳熟能详的徽菜家常菜，皆可在岛城寻常街巷中寻到正宗之所。四方食事，择时而食，就看你的口福了！

"傲椒"的湘菜

长沙一别二十年，今番重来，风光满眼，真可谓"芙蓉国里尽朝晖"。

此地的文旅美食融合项目"文和友"，近年来风靡大江南北，形成"文和友餐饮模式"，一时风头无两。实地感受其现场氛围，的确出乎意料。"文和友"装饰装修走的是传统民俗"怀旧风"，集湖南各地小吃于一楼，有油光晶莹的"猪油拌粉"，酥脆落渣的"三鲜豆皮"，甜甜糯糯的"糖油粑粑"，还有麻辣小龙虾、刮凉粉、荷兰粉等，口味没有掉队的，明显有别于其他城市的旅游热门饮食。当地人亦爱嗍螺蛳，肥美，香滑，劲辣，嗍一口螺蛳，佐一瓶冰冰凉的甜酒酿汽水，绝配。

长沙小吃的代表首推臭豆腐，其与上海苏州焦黄色的臭豆腐、南京泛出霉点的臭干子、徽州长出白毛的毛豆腐流派相异，独辟蹊径，以黑为美，在臭豆腐界黑出一片新天地。以一个外地人的眼光来看，长沙臭豆腐最知名的品牌之一当属火宫殿。据说有近二百年的传承历史，核心环节是臭豆腐卤汁的配方，其制作技艺被列入长沙市非物质文化遗产名录。黑黢黢、微微臭的臭豆腐一口咬下去，皮酥，肉嫩，爆浆满嘴，既鲜又香。加之拌料的微酸微辣，生成一种令人愉悦满足的复合味道。火宫殿"小吃王国"里终年食客如织，有浓郁的市井烟火气息。

长沙当地人有自己独特的口味偏好，认为最好吃的臭豆腐往往躲在深巷里。一家叫"五娭毑臭豆腐"的名店，每日供应量有限，很快即售罄，外地人要吃上这一口，全凭运气。娭毑，即奶奶之意。

湘菜是八大菜系之一，代表菜有腊味合蒸、毛氏红烧肉、剁椒鱼头、安东仔鸡、祖庵豆腐等，其构成除长沙官府菜之外，常德钵子菜、浏阳蒸菜、衡阳小炒和湘西山珍是主要支流。

浏阳被誉为"中国蒸菜之乡"。浏阳蒸菜个性鲜明，辨识度高。蒸菜出品一律用粗瓷碗盛装，主料多为鱼干、火焙鱼、腊味、菜干、酸菜、豆豉、豆干等。喜用茶油和而蒸之，浏阳人讲"礼多人不怪，油多不坏菜"。蒸菜亦讲究时令，所谓"三月黄鱼四月虾，五月三黎焖苦瓜"。春天里，一碗酸菜蒸小笋或小碗蒸酸菜，充盈山林间的野逸之气，有一种春日阳光的味道；蒸干芋芳梗韧劲足，有菜香，兼具陈香，初次尝试，爱不释口。

小炒黄牛肉是新派湘菜的代表菜，在 2018 年作为湘菜代表走进联合国，以"炊烟"品牌餐厅烹制最为"出圈"。其位于长沙黄兴南路商业步行街的门店，排队食客之多蔚成一景，人称"长沙湘菜排队王"。

有一个奶茶品牌叫"茶颜悦色"，不来长沙，不知其是当红"流量"巨星，在主要商圈中几乎达到三五步一门店的光景。马路上的时尚青年男女，三三两两，人手一杯，幸福盈面。

长沙人的早餐有两幅模样。一种以粥、面、油条等为主，与北方城市大同小异；另一种为嗦粉，喜者众。当地人说：一天之计在于晨，一晨之计在于粉。此中之"粉"，特指米粉。我晓得贵州、广西、云南人钟情米粉，没料到湖南人竟然也无粉不欢。

长沙有名的米粉老店，公交新村算一个，此地的米粉有扁粉、圆粉两种，其中扁粉大行其道，有些像北方擀的宽面条。米粉倒也不贵，一海碗仅十元多一点儿，量足。长沙人吃粉有许多暗语，外地人初来乍到往往一头雾水。吃粉叫"嗦粉"，粉上的配菜叫"码子"，"落锅起"指米粉在滚水中浮起即捞出，煮好的米粉熟而不烂叫"带迅"，等等。常见的"码子"有杂酱、辣椒炒肉、酸菜蒸肉、豆角蒸肉、雪里蕻之类，米粉店里通常还有诸多小料，如酸豆角、雪菜、榨菜、蒜蓉和卤黄豆等。当然，湖南人最不能缺的是各色辣椒酱，干湿皆备。

"傲椒的湘菜"是一部湘菜美食纪录片的名字，纵观长沙餐饮市场的繁荣、火爆，湘菜的确有理由"傲娇"起来，不服不行。

寻味江城

二十五六年前，偶然路过江城武汉，在朋友家食过两碗热腾腾、喷喷香的莲藕排骨汤，软烂入味，齿颊留香，留下舌尖上的长久印记。今番一到武汉，满街寻觅旧时相识。选中一家不起眼的夫妻小店，喝上思念已久的莲藕排骨汤，往日滋味依旧。

莲藕有七孔和九孔之别，武汉的藕多为七孔，质地粉糯，宜煲汤。据说武汉人又研发出了十孔莲藕，此藕专为煲汤而生，品质更优。此地人对莲藕排骨汤之爱可窥一斑，其亦是鄂菜的代表之一。

武汉是码头文化大行其道的重要城市，美食派系林立而庞杂，外地人初至此地，一时半会竟理不出个头绪来，颇需费一些脑筋。幸运的是，住地出门左拐，便是知名的万松园美食街。华灯初上，街头人流熙攘，摩肩接踵，置身其中，不享受一下美食之都带来的欢喜愉悦，就好像没来江城一样。

"才饮长沙水，又食武昌鱼。"

传统鄂菜的第一名菜，应属清蒸武昌鱼，鱼以诗显，名扬天下。武昌鱼即鳊鱼，肉质细嫩，无泥腥气，鱼刺略多，味极鲜，市肆餐馆所售价格也公道。荆沙鱼糕、皮条鳝鱼、沔阳三蒸等，一味一格，奉为佳品。

每个城市都有属于自己的饮食特质。江城武汉的烟火气始于早餐，当地人称为"过早"。以一个观光客的眼光看，武汉人"过早"，饮食上大体分为四类。其中一类以吃粉面为主，粉是米粉，万松园美食街上，一家叫作"潘驼背腰花馆"的路边店火爆"出圈"，食客天天排队。小店室内空间狭窄，食客多坐在马路边的人行道上，每人眼前一个塑料方凳，一人一粉一凳当街而食，惬意而自在。此店最经典的米粉称为"腰花粉"，米粉的浇头是现炒的新鲜腰花，一式一炒，佐以酸豆角丁、酸萝卜片、芫荽、自磨辣酱等拌料，好吃得出乎意料。其加强版为"全家福粉"，融合了腰花、猪肝和瘦肉，瓷实、鲜嫩而味美。小店之牛肉粉、财鱼粉、鸡肫粉等各有拥趸，口味皆可圈可点。有"香港食神"之誉的蔡澜昔年也曾光临小店，如今已成为小店的荣光，其满面红光的招牌形象，配上文字介绍后张贴在店堂内一整面粉墙上，广而告之，招徕顾客。

武汉人"过早"之面分为两种，一种是红汤牛肉面，汤汤水水，以武汉牛肉面和襄阳牛肉面两支最受青睐；另一种人称"热干面"，是大部分武汉人的心头好。热干面是拌面，将先期晾干的熟面条入滚水中，捞出，拌以芝麻酱、色拉油、细葱花、蒜蓉、辣萝卜丁、生抽、卤汁等，快速搅拌和匀，即可食之。武汉人似乎不可一日无此面，其亦是中国十大名面之一，以"蔡林记"热干面品牌闻名遐迩。

一方水土养一方人。

三鲜豆皮是武汉的另一类特色早餐小食，与长沙的三鲜豆皮完全是两码事。武汉三鲜豆皮中的豆皮，是指用绿豆混合大米磨成浆，摊至金黄色做皮；上覆熟糯米，抹平，再撒上三鲜馅料，即香菇丁、鲜笋丁和肉丁，正反两面煎透后，用小铲切成一方一方即得。黄澄澄的三鲜豆皮，品相诱人，以一般人的食量，三至四块下肚可管饱！它是诸多上班族年轻人的早餐，方便、简单、耐饥。武汉市面上亦有用鸡蛋皮替代豆皮者，貌虽不恶，亦属欺人盗名。

还有一派"过早"者喜食炸面食，配豆浆、稀饭。汉口街头所见面食有油饼、油条、油香、鸡冠饺、欢喜坨、面窝等，一间十几平方米的小店往往进驻两对夫妻经营，一半供应稀饭、豆浆、馄饨、茶叶蛋；另一半以一口炸锅出品各类面食。一干一湿，分工合作，相互成就。

汉派早餐中，选择各种包子为主食者亦多见，或可称之为"包子派"，生煎包、汽水包、小笼包、大蒸包、小蒸包、素包、肉包、花样包，林林总总，总有一款适合你。年轻人手持一盒或一袋包子，边走边吃，朝气蓬勃。

清晨，汉口万松园美食街上，三三两两的早餐店铺已开门营业。人行道上，几只珠颈斑鸠在悠闲地低头觅食，并不在乎行人趋近打扰，毕竟，这里好吃的东西实在太多了。

泰州早茶

民以食为天。

老百姓过生活,一日三餐,早上吃的那一顿,大部分地区称为早餐或早点,个别亦有叫"过早"的,如江城武汉。称之为早茶且自成饮食体系的地方,印象中有两处,一处地处岭南,习惯上统称为广东早茶,辐射港澳;另一处,是江苏的扬泰地区。昔年间,我曾频至美食之都扬州,熟悉的早茶馆子有富春茶社、冶春茶社和趣园茶社几家,以趣园的出品最为精致可人,堪称早茶界的阳春白雪。

泰州是苏派早茶的重要发源地,"早上皮包水",即言其早茶文化。此番过路,对泰州早茶老字号充满期待。

请教当地友人,本地人吃早茶的近便去处有哪个?

答曰:咏春。

清晨七点,天光大亮,一路寻至这座名字像是拳馆的餐馆,青砖青瓦的仿古建筑傍河而立,黄底红字的店幌已高高挂起,在河岸边随风飘舞,透着些许古风。古色古香的店堂里已是人头攒动,几近座无虚席。两张空桌上的残羹,摆明晨间第一拨客人已离场。听口音,来客果然都是本地主顾,老年食客居半,其眼前多是一碗鱼汤面、一碟烫干丝,慢悠悠地聊着天，消磨着时光。

咏春餐馆的点餐方式挺有意思，食客须自行到服务台照单点餐，付款后领一桌号牌，再自行选择餐桌。这里出品的早茶品种有六十多种，烫干丝仅售六元。泰州饮食中，干丝分为烫干丝和煮干丝两类，烫干丝属凉拌小菜，早茶必吃。清代袁枚在《随园食单》中记载道：将豆腐干切丝极细，以虾子、虾油（酱油）拌之。可见烫干丝由来已久。

泰州烫干丝软滑鲜嫩，干丝中通常拌有姜丝、芫荽、花生米和火腿丁点缀，爽口，好吃。煮干丝是热菜，干丝内添有河虾仁、竹笋、鸡肉等，汤是灵魂，多用鸡汤、骨汤煲之，称"大煮干丝"，一般正餐食之。

泰州早茶店里，各色包子和面条是主流，蟹黄包、小笼包、肉包、青菜包、萝卜丝包、雪菜包、豆沙糖包、烧卖和鱼汤面、阳春面、雪菜肉丝面、葱油拌面等等，琳琅满目。普通包子每只售价在二至四元区间内，并不贵。早茶包子中的天花板，蟹黄汤包当仁不让，是一家早茶店出品质量的试金石。一只包子要用掉两三只湖蟹的蟹黄，故价格不菲，牌价三十元一只。

广东早茶有"四大天王"，泰州早茶有"早茶三宝"，即烫干丝、蟹黄包和鱼汤面。

颇费踌躇地点了烫干丝和三样面食、一碗鱼汤馄饨，上桌后始知，大意了！分量太足，一个人根本吃不下。馄饨是大馄饨，新鲜荠菜馅儿，碧绿、饱满、实成。鱼汤味浓，乳白色，无腥气，据说是用鳝鱼骨和猪骨熬制而成。一大块雪白的千层油糕，上撒鲜亮的青红丝，油晶晶的，香甜而松软。

我点的包子里，一款是经典的三丁包，肉丁、笋丁、香菇丁馅料炒制颇合口味，略甜；另一款叫秧草包，秧草即金花菜，春天的江南田野间常见，入口有一种春天的清芬野逸之气。秧草包属时令小食，若错过了季节，便要等上一年。"蒌蒿满地芦芽短，正是河豚欲上时。"春季，当地人喜食红烧河豚，秧草亦是必配的佐食。

早上八点钟，咏春餐馆店堂里已经开始拼桌了，我的眼前坐了一位小伙子，像是上班族，也是一碗鱼汤面、一碟烫干丝，外加一个不知什么馅的包子。小伙子吃得风卷残云，不时抬头看看我这儿。显然，他看出我点的东西有点多，他肯定也晓得我是个外地人——本地人不会犯如此低级的错误。

泰州的早茶，显然更接地气。就咏春一家而言，其早茶的出品虽无特别精细之感，然特点是味道好、分量足、价格亲民。我想，这也是本地人乐意常来的缘由吧。毕竟，本埠的馆子，本地人认可才是硬道理。

常州散记

"常走大运",常州是大运河沿线城市之一,此句一语双关。

我的记忆中,青岛与常州发生某种关联,因于洪深。1934年8月,常州武进人洪深接替梁实秋,出任国立山东大学外文系主任。因此,青岛的文化名人故居中,洪深故居名列其中。2016年4月,八大关蝴蝶楼开放为小型电影博物馆,并在一楼辟出一间"洪深展室",纪念其对中国戏剧、电影发展做出的杰出贡献。闻讯,洪深之女洪钤,以及常州洪亮吉故居派人专程来青参加相关活动,我全程参与其中。常州洪亮吉故居负责人称,洪亮吉故居中亦推出部分展厅,专门展陈洪深生平事迹。青岛蝴蝶楼洪深展室,为常州之外的唯一一处纪念性展室。此番到访常州,洪亮吉纪念馆(设洪深纪念室)不可不看。

洪亮吉故居掩藏在一片民居之中,所在巷子名曰"东狮子巷"。巷口路遇行人,问:"洪亮吉故居如何去?"答曰:"没听说。"仅前行十几步,故居赫然在前,粉墙黛瓦,颇具古风,然黑漆大门紧闭。敲开门,值班员大姐声称下午四点闭馆,此时已是四点过半。一番苦口婆心的解释后,值班大姐破例特许我进馆参观,回访洪深家乡纪念展室的夙愿得以实现。

出洪亮吉故居不远,是近年来火爆"出圈"的"网红打卡地":青果巷历史文化街区。青果巷,是常州古运河畔的老街巷之一,明万历年间正式形成。其时四方船舶云集,商业繁荣,是南北果品集散地,旧有"千果巷"之称。

青果巷多明清时期建筑,如今开发活化利用,修旧如故,既保留了岁月留下的历史沧桑感,又融入了诸多时尚元素。更难能可贵的是,有条件地挽留住了部分当地居民,使得青果巷增添了一份人间烟火气息。老巷傍河而建,名人故居众多,美食小吃亦琳琅满目,有虾饼、糯米团子、麻糕、高汤馄饨、海棠糕等,人气颇旺。

常州是座名副其实的美食之城。一位常州籍的演员曾说:"来常州,你不去玩行,但一定要去吃,常州人真是太喜欢吃了。"

天目湖砂锅鱼头堪称常州饮食界的头牌美味,原出自溧阳沙河水库,选料为水库盛产的大鳙鱼鱼头,慢火熬制三个小时而成。鱼汤稠而不腻,雪白似乳,味极鲜;鱼肉细嫩,不柴不腥,胶原蛋白丰富。撒上一把碧绿的芫荽入汤,轻啜一口,那种醇美滋味,胜却人间无数。

"常州有一怪,萝卜干做下酒菜。"常州萝卜干闻名遐迩,精选本地出产的圆红萝卜为原料,比北方多见的小红丁萝卜个头要大很多。腌制好的萝卜干香、甜、脆、嫩,可以空口吃,可以拌菜吃,可以炒菜吃。最为经典的一款萝卜干炒咸饭,软中带脆,鲜咸适口,香气扑鼻。久在外地的常州籍游子时常会想念家乡的这种传统小食,这恐怕就是传说中的乡愁味道了。

泛江南地区对豆制品历来情有独钟，各地佳品洋洋大观，高邮的界首茶干、扬泰地区的干丝、苏州的臭豆腐、上海的百叶结、老徽州的毛豆腐，或香或鲜，或霉或臭，不一而足，皆是美味！

常州的红汤百叶，食材取自武进横山桥镇，已有百余年历史。百叶，古称"千张"，与北方地区的豆腐皮相仿。此地的百叶白、香、嫩、糯、爽滑而有韧性，豆香浓郁，可炖可烧，可拌可炒，食罢有小时候吃的豆制品的老味道，咂舌留香，屡吃不厌。

常州人喜食"三白"，即白鱼、白虾、银鱼，其独特的食法有两种：其一，以银鱼和鲜肉为馅，包成元宝状的大馄饨，再配以鸡腰状的鱼圆，与鸡汤同煲，鲜美无敌，他处未见此法；其二称"三白油条"，在油条中塞入"三白"之馅后二次入锅烹炸，油条酥脆落渣，鱼肉软韧鲜香，二者完美结合，互相成就，不啻一道人间美味！

在常州的三顿正餐中，皆吃到过一种绿色蔬菜，菜梗有细茸毛，菜梢微微卷曲，以茎梗入馔，尝之软嫩，有股特别的青草香气。原以为是蕨菜，因菜形极似，当地人却说，这叫南瓜藤，是时令性极强的本地特色菜种。

信步走在老城区的街巷中，一阵阵甜香气袅袅飘来，寻味而去，是一家夫妻作坊小店，出品一种常州麻糕，据说是当地特色的小吃，有甜咸两种口味。甜口的，放的是绵白糖馅；咸口的，放的则是葱油馅，皆美。麻糕出炉香味四溢，其面皮上遍撒芝麻，焦脆、空鼓，模样与岛城旧时的火烧近似。当街空口食之，有点烫嘴，很好吃。旁边一位老者听我是外地口音，热心地告诉我："麻糕一定要热食的，凉了不好吃；这种土法炭火烤炉的，要比烤箱里烤制的好吃得多。"我连忙点头说："谢谢您，我一定趁热把麻糕解决掉。"

"世之奇伟瑰怪非常之观，常在于险远。"寻味传统的民间小吃之道，又何尝不是如此呢？

泉城小食记

省城济南,别称泉城,有七十二名泉,趵突泉被誉为"天下第一泉",亦是古泺水源头。

传统鲁菜花开两枝,济南菜和胶东菜各领风骚。济南菜是内陆菜系的代表,尤擅汤菜,烹调以蒸、煮、烤、酿、煎、炒、熬、烹、炸、腊、盐、醋、酱、酒、蜜、椒等技法见长。泉城历来是鲁菜重镇,百年名餐馆如九华楼、聚丰德、萃华楼、魁盛居等,远近闻名。

每至泉城,必食老济南五香甜沫。甜沫起名颇怪,明明是咸口,却曰甜沫,未知何故。此地甜沫制作比岛城更胜一筹,选小米粉、红薯粉条、花生、黄豆、豆腐泡、豆腐丝、菠菜等入料,以花椒粉和胡椒粉调味,熬煮,食之咸鲜适口,亦开胃健脾。

意外的是,济南一家鲁菜老店的一款隐形版五香甜沫,令人大开眼界。此处甜沫竟藏匿在一根根油条之中,油条品种曰"小胖子",一拃长短,胖乎乎的,外皮酥脆。咬上一口,五香甜沫登时爆浆盈嘴,味正。饮食上从来都是"油条泡甜沫",今番却见识了"甜沫泡油条",如不是亲身所见所食,无法想象。泉城厨师的奇思妙想,配以出色过硬的厨艺,使一道普通的民间小吃升华，令人惊艳。

相传东汉末年天下大乱，刘备、关羽、张飞三人情投意合，决定拜把子，世称"桃园三结义"。张飞原是一名屠户，结拜完毕，即把猪肉、萱花、豆腐放在一个锅里煮食。这是把子肉的雏形。

后来，鲁地的一位名厨将此做法改良完善，精选带皮五花肉放入坛子里炖烂，以秘制酱油调味。炖好的把子肉不腻、不柴，色泽乌润，入口即化，深受食客喜爱。此菜以刘、关、张拜把子为由头，演变成今天的把子肉。

济南把子肉通常切大片入馔，食之香味浓郁，因添入了良姜、大葱、花椒、八角、小茴香、香砂、桂皮等佐料，鲜咸口，与红烧肉相比降低了甜度，口感上"很鲁菜"，是济南饮食界扛把子的名小吃。食把子肉宜佐白米饭，肉汁入饭，互相融合成就，味美、饱腹、解馋。

泉城烧烤历来出名。早年间，曾以回民街的烤羊肉串火爆"出圈"。泉城烤串通常用铁扦串肉，肉极小，炭火烤，很入味，三五好友相聚，撸掉两三百串稀松平常。

五香烤鸡架近年来颇受泉城食客青睐。食鸡架子兴盛于诸城一带，诸城的鸡架子以熏制闻名，泉城的鸡架子以烤制出彩。此地人食鸡架子有三句口诀，朗朗上口，曰"放下身架子，拿起鸡架子；两手抓，两手都要硬；宜粗不宜细"。一只喷喷香的烤鸡架子在手，吃将起来，细细品味体会这三句口诀所言，果不其然。

在老城区的传统鲁菜店邂逅了一款鲁菜名点：清油盘丝饼，俗称"一窝丝"。由第四代非遗传承人制作，距今已有近百年的历史。制作盘丝饼需施以抻面技艺，将一根面抻成上千根可穿过针眼的细丝，绕指成型，再用清油半煎半炸。清油盘丝饼外皮酥脆，内里绵软，香甜扑鼻。据传，京剧大师梅兰芳、尚小云、奚啸伯等人都是济南清油盘丝饼的"粉丝"，来济南演出，唱完戏后必要下馆子尝尝这口地道的地方小食。

当地朋友说，梅兰芳昔年来济南的时候，还在百年老店萃华楼吃过一碗打卤面，赞不绝口。今番重到泉城，机缘巧合，吃上了复刻版的"梅兰芳打卤面"。

打卤面是传统鲁菜代表面食之一。"梅兰芳打卤面"选料考究，不舍其烦，取通辽的口蘑、五台山的香菇、长白山的黑木耳、四川渠县的干黄花、藤县古龙的大红八角、凤县的大红袍花椒、鹿角菜、猪前腿的梅花二刀肉等，以吊的老母鸡清汤打底，用古法烹制成卤，与手擀面拌食。此面入嘴，先麻，跟着椒香味盈满口腔，有点小的惊喜刺激，舌尖难忘。

泉城的明府油旋、酥皮肉火烧、蒲菜水饺等，亦是可圈可点的地方名小吃，饶有特色，值得一尝。

新疆是个好地方

半生弹指间,足迹遍及华夏,唯新疆游历甚少。想起初秋的北疆之行,心绪难免澎湃起来。

"我们新疆好地方啊,天山南北好牧场。戈壁沙滩变良田,积雪融化灌农庄。"有人说,新疆是唯一称得上"大美"的地方,世界各地的自然景观在此皆可找到类似的对应,这儿非但风景如画,其食物之丰美亦令人眼花缭乱。

在我看来,新疆的美食大致可分为三大类。烤馕、烤包子、喀什一把抓、拉条子、手抓饭等面食,民族特色显著,归为一类;烤全羊、架子肉、烤肉串、缸子肉、大盘鸡等,是主打的一类,也是硬菜重头戏;末了是甜品、水果、干果等小食类,代表性的有手工酸奶、冰激凌、葡萄干、吊干杏、切糕、奶疙瘩,以及哈密瓜、小白杏、喀什石榴、库尔勒香梨、阿图什无花果等。

先说面食。

二十多年前,我曾在上海旅游高等专科学校短暂求学,同班的一位新疆维吾尔族的女同学自家乡乌鲁木齐背了一口袋馕来,自言吃不惯学校的食物,每天食馕度日,弗顾其他。大约十天以后,馕吃空了。那时学校校址还在郊外的奉贤,位置偏僻，交通不畅，一时半会又弄不到馕，她就那样饿着，米面不进。等到家乡朋友自上海市区弄来一大摞馕，才解了她的燃眉之急。也是那时，我第一次见识了馕为何物。

我家小区紧邻清真寺。清真寺下，自然形成了一片小型的清真美食街，烤馕、烤包子、烤羊肉、羊腰、羊宝，以及青稞凉皮、手抓饭、酸奶等特色小吃一应俱全，我常去打牙祭，换口味。这里烤出来的馕仅有一种，曰"白馕"，一尺二盘子大小，外圈稍凸，馕面撒少许芝麻，戳有特制的圆花纹，通常一摞一摞地码放，堆得老高，走近瞧上一眼，食欲顿起。有久贮不坏的特点。

馕，以麦面混合玉米面发酵后入馕坑烤制而成，最初自丝绸之路传入中原，人们曾称之为"胡饼"。在新疆，香喷喷的烤馕摊位随处可见，此地品种之多超乎想象。有一种馕个头比呼啦圈还大，称为库车大馕，是馕中巨无霸，名气颇大。还有一种圆而敦实的馕，胖乎乎的，似大号的甜甜圈，叫窝窝馕。新疆人吃缸子肉时，喜欢把这种馕掰碎，泡在搪瓷茶缸中的羊汤里，与陕西的羊肉泡馍吃法上异曲同工。玫瑰花馕以玫瑰花酱入馅，烤制后，花酱的蜜汁从馕中溢出，甜香四散，让排队等待的食客忍不住吞咽涎水。

秋天，乌鲁木齐的市肆中，甜石榴馕、辣皮子馕、核桃馕、葡萄干馕、小油馕、皮牙子馕、肉馕等普通常见，以现烤热食为佳。鄯善县餐食中，将馕置于烤肉支架上二次炙烤，撒上孜然辣椒面，切成比萨状三角形，滋味极似烤肉串；在吐鲁番，在乌鲁木齐，晚上九点钟，小吃街上馕坑前依然人气颇旺，新疆人爱馕之情可窥一斑。

按当地风俗习惯，维吾尔族人待客时，馕须一摞摞完整码放，不能有残缺。通常摆在桌子中央，以示对客人的尊重。

新疆地区的烤包子价廉质美，焦脆，肉香扑鼻，非但当地人喜食，外地客来了也大都会一尝为快。在新疆，只有自馕坑里烤出来的包子才称得上正宗，多以羊肉皮牙子入馅。"皮牙子"是当地人的叫法，即洋葱。牛肉馅的烤包子也有，少。

西北五省区皆爱吃面。过油肉拌面是新疆的著名小吃之一。面是手工现拉的拉面，比北方的手擀面略粗，拈筷挑面，面极筋道，在夹筷中乱颤；肉，精选牛后腿肉，过油后与皮牙子、青椒、豇豆等一起烹炒，肉之新鲜是其核心，当天出品的鲜肉和下过冰箱的冻肉，口感上高低立见。乌鲁木齐市和田二街上人流熙攘，一家叫"努尔兰"的快餐厅出品的过油肉拌面，遇到饭点儿，要排队等候才吃得到。

我知晓湘鄂赣桂云贵等地喜食米粉，且各有绝招，各美其美，未曾想新疆美食之中米粉的分量也不轻。本地年轻人尤喜食炒米粉，一般有鸡肉米粉和牛肉米粉两种。新疆炒米粉的特色是与馕同炒，给美食贴上了地域性的标签。馕切小块，佐以皮牙子、西芹和自制辣酱回锅，嘬一口，稍辣，微咸，瞬时燃烧味蕾。配上"爆款"的"格瓦斯"饮料，劲爽舒适。

不得不说，手抓饭是新疆扛把子的经典美食之一。其实手抓饭也是一种炒饭，维吾尔族人食用时，多用手抓起攥紧，故名。手抓饭的配料是羊肉、皮牙子和胡萝卜，于大镬中炒香，添水焖烧，再将生米覆上，蒸熟后，撒上一把葡萄干，翻炒数次即得。手抓饭开锅时香气凛冽，羊肉之美自不必多说，颗颗大米晶莹剔透，完全被羊油包裹浸透。尤值一书的是，其中的红黄两种胡萝卜口感出彩，甜丝丝的，若水果一般。虽不习惯像维吾尔族人一样用手吃手抓饭,然其风味依旧成为舌尖上的别样记忆。

新疆烤羊肉串闻名遐迩。烤羊肉串,可以说是新疆美食的标志。来到新疆,每至一地,总习惯性地品尝一下当地的各色烤羊肉串,以红柳羊肉串为上选,随便找一家,口味没有不佳的。架子肉亦是如此,选用新鲜羊前腿肉,连骨带肉一条条挂在馕坑里炙烤,外焦里嫩。地域性美食总是原产地来的正宗,这是硬道理。

西北五省区皆有羊杂汤。新疆版的羊杂汤选当日新鲜的羊肝、羊肺、羊心、羊肚、羊肠,切片切段,添上红薯粉条,佐以白胡椒粉、生姜、八角、花椒、盐、味精等配料,出锅时再撒上一把香菜、大葱末,即得。

在新疆各处的街面上,新疆大盘鸡的招牌遍地开花,十分热闹。一路吃下来,老实说,口感并无特别之处,与全国各地的"名鸡"对比相形见绌、乏善可陈。反倒是大盘鸡中的配料土豆比较出彩,软糯、香甜,吸足了三黄鸡的汁液,很好吃。

初秋的北疆,空气中弥漫着三种味道,一种是羊肉的味道,一种是孜然的味道,另外一种是甜蜜的味道,皆让人着迷。

歌唱家关牧村的成名曲《吐鲁番的葡萄熟了》影响了一代人,今番来到吐鲁番,正值葡萄熟了的季节。

有人说,干旱少雨的吐鲁番并不缺水,水不是以水的形式存在的,而是以葡萄的形式存在的。有"吐鲁番绿珍珠"之誉的葡萄沟,天山融化的雪水穿沟而过,此地盛产马奶子、贝加干、玫瑰香、喀什哈尔、黑葡萄、红葡萄、索索葡萄等一百多个品种的葡萄。一种叫无核白的浅绿色小葡萄，鲜亮、香甜，随处可见，观光客人手一串，当作小吃食之。田间晾房中自然晾干的葡萄干，个大、色正，品类多，口味地道。在新疆，葡萄之甜、价格之廉，超乎想象。

热情好客的维吾尔族青年邀请我们到其家中做客，主人端来了葡萄、西瓜、哈密瓜招待大家。这里的哈密瓜、西瓜因日照时间长，糖分含量高，特别甜。

没有最甜，只有更甜。新疆盛产一种浅黄色的无花果，乌鲁木齐街头随处可见，售卖时将无花果摁扁，当地人称之为"糖包子"，蜜甜。阿图什、吐鲁番、喀什等地皆产。

新疆的美食精彩纷呈，来新疆，一定要尝尝手工酸奶和冰激凌。乌鲁木齐的领馆巷有异域情调，阿吾拉力冰激凌，是街上一家传承百年的店铺，以纯牛奶、鸡蛋和白砂糖制成的冰激凌现做现卖，原味、巴旦木味、哈密瓜味等四种口味各一个圆球，仅售十五元，好吃又划算。

依我之管见，新疆之行最大的短板，是每天饭后定要揉着肚子起身，嘴里还不停地唠叨着"不吃不吃，又多了。"我在写下这些文字的时候，忍不住又习惯性地干咽了几下口水——我想念新疆孜然味的羊肉灌汤薄皮蒸饺了。

印象山城

平生喜游历，足迹几乎遍及华夏，山城重庆是为数不多的遗漏地，一度引为憾事。终到山城，脑海中立现诸多老电影场景，《烈火中永生》《雾都茫茫》《重庆谈判》，江姐、双枪老太婆、小萝卜头、华子良像过胶片一样在眼前浮现。当然，还想到了黄渤的成名作《疯狂的石头》、陈坤的《火锅英雄》，以及长江索道、洪崖洞、解放碑、罗汉寺这些心心念念的去处。从陪都到"网红"，这座魔幻的城市着实值得期待。

来山城不吃一顿火锅，好像没来一样。重庆的火锅店实在多得不太像话，三步一小店，五步一大馆，作为一个初到此地的外乡人，孰优孰劣，丈二和尚摸不着头脑。当地友人颇有经验地介绍，要避开网红火锅店，体验真正的重庆老味道。她热情推荐了一家小店，离我的居所不远，据说开了三十余年，名曰"彭三老火锅"。小店开在一栋二十世纪八九十年代楼房的一层，邻街，店面仅三四十平方米，装潢颇简陋，但有二十世纪八十年代小饭馆的那种亲切感，内设火锅方桌七八张，生意好到餐餐翻台。我们选了微微辣的鸳鸯锅。

不似青岛人吃火锅以肉类和海鲜为主打，重庆人吃的东西都奇奇怪怪，鹅肠、猪黄喉、牛黄喉、鲜腰片、肥肠、郡肝、血旺、黄鳝片、耗儿鱼，五花八门，是另一种生猛。白嘟嘟、皱巴巴的猪脑花，看上去让人毫无食欲，甚至有点恐怖。朋友说相当美味，鼓动我试一下。浅尝一小勺，入口竟比棉花糖还软、还嫩，无一丝腥臊气和不适感，挺好吃。看来它的流行自有道理。后来又路过一家烤脑花的专营店，犹豫了半天，还是没能走进去再续前缘。面对美食的诱惑，有时候是需要一点儿勇气的。

重庆火锅的灵魂是各家配料不同的秘制汤底，无论是九宫格还是鸳鸯锅，口味绝对有高低上下之分。老的火锅店都是自己制作汤底料，故暗藏玄机。此地的蘸料也大不相同，以易拉罐装香油加蒜泥、芫荽、香葱末调和而成，食之亦不觉得油腻。我的主要精力大都放在擦汗上，一只手不停地伸向锅中，另一只手忙不迭地拿餐巾纸，真是"汗珠与鼻涕齐飞，眼泪与涎水一锅"。一顿火锅吃罢，全身湿透，嘴唇火辣，且麻嗡嗡的，有增厚感，用重庆话说：巴适得很。

这是一种不计后果的过瘾。

谷雨时节，山城的时令水果陆续上市，小樱桃、桑椹、枇杷、杨梅、血脐橙，皆比北方提前了不少。荸荠这种水生植物果实也摇身一变摆在水果店里，身价陡然提升。此地出产的枇杷个头若山鸡蛋大小，色橙黄，据说产自攀枝花，吃口虽不及苏州白玉枇杷来得甜，但甜中带点微微酸，水头足，食罢重庆火锅后来一颗，恰到好处。

重庆小吃的品类之盛不可计数，在黄桷垭老街，转角遇见红糖凉糕，一块软软糯糯的方块白米糕，淋上红糖水，再撒上一小把炒黄豆粉，入口甜、香、绵，吃法很有重庆特色。

凉爽的醪糟冰豆花、钵仔糕,在闷热的山城深得女士儿童们的青睐,是热门款。黄桷垭老街起源于巴渝第一古道黄葛古道,黄葛古道是一条始于唐、兴于宋元、盛于明清的古驿道,驿道随山路高低起伏蜿蜒曲折,植被茂密,古树参天,以黄桷树居多。黄桷树又名黄葛树,桑科榕属,根系发达,树冠覆盖广,独木成林,其叶比榕树阔大,亦是重庆的市树,山城街道随处可见。神奇的是,时值暮春,城中的黄桷树或呈浅绿色,或发深绿色,叶黄而萧萧落下的黄桷树更不在少数,一季连三色,这样魔幻的树木,头回遇到。当地人告诉我,黄桷树什么季节种下,来年就会在同样的季节落叶,很准时,未知真伪。

我知黄桷垭,源自作家三毛。三毛原名陈懋平,后改名为陈平,她的出生地就在重庆南岸区黄桷垭老街上的一栋木制大屋里,并在此度过了五年的孩童时光。老屋现已辟为三毛故居,修旧如故。偌大的庭院,在黄桷古树的庇荫下,虽置身火炉城市,却宛若一片清凉世界。三毛曾在《如果有来生》里这样写道:"如果有来生,要做一棵树,站成永恒。没有悲欢的姿势,一半在土里安详,一半在风里飞扬;一半洒落阴凉,一半沐浴阳光。"喜欢三毛的读者和游客,慕名来此寻觅、瞻仰,缅怀这位消逝在滚滚红尘中的一代才女。

在老街山巅选了家夫妻馆子,品尝了当地小吃豆花和重庆土菜,又辣出一身汗来。午饭后,在三毛故居斜对面的一处山中茶馆坐定,泡上香茗,摆上瓜子、枇杷,偷得浮生半日闲,微风拂面,悠然可见南山。此刻,忽忆起汪曾祺爱说的那句诗:"无事此静坐,一日似两日。"

诗是苏东坡写的,我也喜欢,亦应时景。

置身山城，可谓是出门无处不爬坡。如张恨水所言，"一望之距，须道数里"。

重庆的魔幻之处还在于，你永远不知道自己身处第几层。洪崖洞，来山城必到的江岸观光景点，以夜景闻名遐迩。费力爬上回廊式的九层台阶，举目四望，又处在另一片天地的第一层。这还不算，你永远想象不到，坐电梯上了二十二楼出来，仍然身在另一片区域的第一层。新晋的历史文化街区十八梯、下浩里，皆是这般光景。我自恃脚力过人，自比"神行太保"，在山城，总算折服。怪不得这儿的猪脚饭卖得火，原来它的广告词是这样的："重庆山路有很多，吃些猪脚好爬坡。"

重庆餐饮菜系的一个重要分类号称江湖菜，菜品麻辣、鲜香，锅气十足，代表菜有椒麻蛙、泡椒土鳝鱼、姜丝兔、铁山坪花椒鸡、脆三样、火爆腰花、大刀烧白等。朋友不谙吃辣，要了两样"不辣"的素菜，上桌后，依然辣。山城餐馆里的大镬小锅，长年累月间已被辣椒花椒滋透，故不辣之辣，也令人怕。

和西北的兰州人有些相似，西南的重庆人早餐也离不开一碗面，"重庆小面"这块城市美食招牌与重庆火锅一道，双双扬名美食江湖。重庆小面多是汤面，不少当地人另偏爱一种拌面，称"豌杂面"。二三两细面，舀一勺油汪汪的杂酱卤子，再添一勺软糯糯的黄豌豆，核心环节是趁热搅拌均匀，用当地话讲："招牌豌杂面，一定要擢转。"

歌乐山下的磁器口古镇也是一个不错的去处，但要避开浩荡的旅游人流。拐入一条条分散其中的长巷，盘旋拾级而上，会发现古镇别有洞天的美。古宅、幽巷、石板地，山花、蕉叶、老竹椅，自高处望去，古镇、嘉陵江、天际线，绿遍山原，一览无余。

不得不说，磁器口古镇主街的商业氛围较浓，各色餐馆、小吃店、手信店令人目眩。古镇手信以小麻花、鲜豆干、怪味豆、火锅底料"四大家族"居多，我个人更青睐橘饼、合川桃片和江津米花糖，皆为山城的传统甜食名品。

重庆也是一座来了就不想走的城市。有趣的是，山城之外，重庆的别称还有雾都、陪都、桥都、江城、火炉等，这在中国的城市之中并不多见。

陆文夫和他的老苏州茶酒楼

> 君到姑苏见，人家尽枕河。
> 古宫闲地少，水港小桥多。

1996年的暮春，我新婚蜜月旅行的第二站，循着唐代杜荀鹤的诗句，来到太湖之滨的水乡古城苏州。所居之地，是位于老城区十全街一座极富江南情调的园林式酒店：南林饭店。南林饭店东门桥堍，时有一座刚开张半年多的苏帮菜餐馆，招牌是"老苏州茶酒楼"。酒楼的开办者鼎鼎有名，乃是以中篇小说《美食家》蜚声中外的作家陆文夫，人称"陆苏州"。昔年的苏州之行，惊鸿一瞥，来去匆匆，走过路过，却没能踏足老苏州茶酒楼一探究竟，留下遗憾。

时光荏苒，二十八年后的一个初秋，故地重游，得当地友人之邀，相聚慕名已久的老苏州茶酒楼，了却了一桩心心念念的经年夙愿。巧合的是，此次又逢该店重新开张不久，也是陆文夫先生故去后，老苏州茶酒楼的第二次易手，闻名业内的苏州新梅华餐饮管理有限公司接过了这家传承苏帮菜文化精髓的名店，闻听，霎时充满期待。

十全街是苏州古城的著名历史文化街区，至今仍保持着典型的水城传统格局,"水陆平行、河街相邻、两街夹一河",小桥、流水、人家,一派江南水乡风情。两街一宽一窄,宽者称"十全街",窄者曰"滚绣坊",河名为"十全河"。老苏州茶酒楼就坐落在两街之间,临河而立,粉墙黛瓦,雅致可人。

"老苏州"甫一照面,其河岸粉墙低处的一段广告语吸引了我,全文如下:"小店一爿,呒啥花头。无豪华装修,有姑苏风情。无高级桌椅,有文化氛围。"此当年"老苏州"开张时,由陆文夫亲自撰写。如今陆文夫的头像剪影也嵌在了粉墙的中心位置,他面露微笑,似是每天都在欢迎来自世界各地的食客们。

老苏州茶酒楼共三层,百余个餐位,的确不大。一层是散点,二层、三层有散点,亦有三四处雅间。时值午市,店堂内座无虚席。一楼大厅西墙上有一副对联,联曰:"天涯客来茶当酒,一见如故酒当茶。"亦是陆文夫所撰,当年曾制成匾联,挂在"老苏州"大门两侧。陆文夫嗜酒,声名远播,自此联可略窥一斑。这让我联想起绍兴咸亨酒店店堂内的另一副名联,彼联曰:"小店名气大,老酒醉人多。"联语为老作家李准所撰。李准祖上是蒙古族,亦好酒,此联是他酒酣后所作。同是名作家,同善饮,又同为酒楼撰联,故两联有异曲同工之妙。

陆文夫的代表作中篇小说《美食家》,发表于《收获》杂志1983年第一期,自此,美食家这个称呼即与陆文夫结下了不解之缘。1988年,苏州市文联在十全街滚绣坊青石弄5号创办了《苏州杂志》,陆文夫任主编;而开办老苏州茶酒楼的初衷,从陆文夫称其为"可以吃的《苏州杂志》"

可得知大概。

店堂内，一层至二层楼梯之间的白墙上，随处可见陆文夫的影子，一边是作家的生平简介，一边展示着陆文夫《姑苏菜艺》中的一段文字："人们评说，苏州菜有三大特点：精细、新鲜、品种随着节令的变化而改变。这三大特点是由苏州的天、地、人决定的。苏州人的性格温和，办事精细，所以他的菜也就精致，清淡中偏甜，没有强烈的刺激。""吃也是一种艺术，艺术的风格有两大类。一种是华，一种是朴；华近乎雕琢，朴近乎自然，华朴相错是为妙品。人们对艺术的欣赏是华久则思朴，朴久则思华，两种风格轮流交替，互补互济，以求得某种平衡。近华还是近朴，则因时因地因人而异。吃也是同样的道理。比如说，炒头刀韭菜、炒青蚕豆、荠菜肉丝豆腐、麻酱油香干拌马兰头，这些都是苏州的家常菜，很少有人不喜欢吃的。可是日日吃家常菜的人也想到菜馆里去弄一顿，换换口味。"

看得出来，老苏州茶酒楼新东家新梅华的掌门人金洪男对陆苏州充满敬意。金洪男身兼中国烹饪大师、江苏省烹饪协会副会长、非物质文化遗产苏帮菜制作技艺代表性传承人之外，也是一位享誉餐饮界的文化人，人称"江南雅厨"。二楼厅堂四壁，苏州文化名家的书画作品让人眼前一亮，金洪男的花鸟四条屏处于厅堂居中位置，十分惹眼。其画作彩墨氤氲，元气淋漓，空灵而富才气，百闻不如一见。

在二楼靠北一侧的雅间里落座，四围景色赏心悦目，据说此间已被预订至半年以后，可见"老苏州"在苏帮菜美食江湖中的热度。苏帮菜第四代非遗传承人周苏国亲自作陪并点菜，冷盘四味分别呈现为虾子白切猪肚、糖醋小排、爊鸭、八宝炒酱，皆是苏菜精华。其中爊鸭一味初次尝试，口留异香。

苏州历来有食爊味之俗，最早始于昆山周市镇，本是民间传统烹调野味的手段，包括爊鸭、爊鸡、爊兔等。爊，即文火慢炖之意。爊汤是核心环节。爊锅老汤中添加有十几味草药和调料，上选肥大的麻鸭，成品腴而不腻，嫩而不烂，香鲜入骨，吮指留香。夏令冷食，风味尤殊。

老苏州茶酒楼创办伊始，陆文夫与老一辈苏帮菜烹饪大师们曾总结提炼出十大名菜，分别是清熘虾仁、蜜汁火方、黄焖河鳗、虾仁蟹粉豆腐、松鼠桂鱼、糟熘鱼片、蟹粉狮子头、手作非遗豆腐花、响油鳝糊和泡泡馄饨草鸡汤。如今，十大名菜在金洪男团队的主理下，传承有序，重放异彩。

当餐品鉴了清熘虾仁、糟熘鱼片、一品酱方和姑苏白什盘、油焖茭白、荷塘小炒等传统苏帮名菜。苏州人待客，第一道热菜约定俗成必是虾仁，只因苏州话虾仁的发音与"欢迎"近似。虾仁、欢迎，要的就是这个好口彩。陆文夫开办老苏州茶酒楼之初，要求后厨一定要当天买鲜虾，当日出虾仁，确保食材处于最佳赏味期。水族食材一旦入了冰箱，口感和品质即大打折扣。

值得特别一提的，是一道经典姑苏白什盘。

白什盘，传统苏帮菜中的一道名菜，因食材多为白色，又不施带色的调味料，故名。主料有虾仁、鸡片、蹄筋、笋片、鱼片、鱼肚等，加少许木耳点缀，讲究白汤白炒、原汁原味，口味清鲜平和，体现了苏帮菜对食材本味鲜美的追求。其实白什盘原先并没有如今的讲究和华丽，在没有冰箱冷柜的年代，不过是厨师灵机一动的妙思。这道将各类食材的边角料搭配而成的应急之作，历经不断完善，成就了苏帮菜的一道名馔。

菜过五味，服务员端上两盆汤菜，报菜名：文夫咸泡饭。

苏州人爱吃咸泡饭，自然是从困难时期留下的遗风。将中午的剩饭剩菜，晚上回锅，加上水、盐、味精同煮，起锅时再添上一点猪油，晚餐即可将就一顿。如今生活条件好了，咸泡饭的内容自然也有了些许变化。陆文夫是美食家，对咸泡饭这类小食，亦没有半点马虎。文夫咸泡饭配料有笋丁、虾仁、香菇丁、肉丁、青菜等，咸泡饭上漂着一层油花，已不再是猪油，乃是肉丁煸炒而出。陆文夫当年对吃咸泡饭，态度是有所变化的，据《苏州杂志》前主编陶文瑜撰文回忆，"陆文夫在世的时候，有一次大家一起吃午饭，我也点了咸泡饭，老陆起先有点不屑，结果咸泡饭端上来之后，老陆吃了一小碗，却还要再添半碗，说是倒蛮好吃的。后来老陆住医院，关照老苏州送饭时，点过好几次咸泡饭呢"。

这恐怕也是"文夫咸泡饭"列入老苏州茶酒楼菜单的缘由吧。

我嗜甜食，老苏州茶酒楼出品的八宝饭晶莹亮丽、入口甜糯，的确做到了陆文夫所说的"精细、新鲜"，是我迄今为止吃过的最可口的一款八宝饭；现做现食的虾子烧卖品相俊俏，亦不可错过。其夏日饮品茅草根水，以茅草根、荸荠、红枣、桂圆、胡萝卜、冰糖熬制而成，冰镇后饮之，清爽回甘，透心凉。

老苏州茶酒楼每天营业十八小时，这在当下的餐饮行业中罕见。其早上开设苏派早茶，接着是午市、晚市，另外还打出了"姑苏糖粥铺""美食家宵夜"两块招牌，引领一时之风尚。店门口北墙上的一块霓虹灯招牌，让我想起了一部反映苏州饮食的老电影《满意不满意》。《满意不满意》的上映，直接催生了苏州观前街上一家新的餐饮名店"得月楼"。而得月楼的诞生，又催生了另外一部反映苏州饮食风情的电影《小小得月楼》。巧合的是，陆文夫的小说《美食家》也被拍成了同名电影，风靡一时；《苏州杂志》又催生了老苏州茶酒楼这个"可以吃的《苏州杂志》"，陆苏州和他的《美食家》的故事，在姑苏城，依然续写着传奇。

人间有味是乡愁

算起来，熟识王干先生的时间并不太长，满打满算才不过两三年的光景，感情升温却似乎有点"急湍甚箭，猛浪若奔"之势。除了文学这个必要条件之外，善饮好茶，乐于美食，兼谙书法，是彼此的共情点。俗话说，物以类聚，人以群分，大概就是此番道理。

知名文人撰写美食类散文，现当代我最中意两位，一位是梁实秋，他的《雅舍谈吃》是我常年的床头读物；另一位是汪曾祺，我喜欢他的散文胜过小说。王干是资深"汪粉"、文学大咖，他的新著《人间食单》，既是"汪味"饮食文化脉络的延续，也是他为致敬汪曾祺献上的家乡土礼。文章本身耐读、有嚼头，手捧一卷，不忍释手。汪、梁之后，王干蓝已青矣！

余生也晚，未得汪、梁亲炙，幸识干老，他就在身边，就在桌上，就在杯前。作家写美食多从家乡食物起笔，幼时口味一旦形成终其一生不曾改变。虽说日久他乡即故乡，但他乡没有那碗叫"乡愁"的食物。《人间食单》散发出的乡愁风味引人入胜，也让我们这代无家乡可寻之辈"泪目"，羡慕。

尽人皆知，高邮的咸鸭蛋让汪曾祺写活了，也写绝了，写成了咸鸭蛋界的天花板。《人间食单》上来就是一篇《高邮的鸭蛋》，另辟蹊径，在天花板上开了一方天窗。文末一段"我们从高邮带着一小口袋土来到金陵饭店，杜老接过塑料袋，居然用食指蘸一小块含在嘴里，连说：'高邮的土，香啊。'"是文眼，道明了高邮咸鸭蛋好吃的秘籍，也感人。这篇散文我先前就已读过，前月他来青岛，喝酒闲谈中，我借着酒劲儿特意问过此事。我说："汪曾祺写了高邮的咸鸭蛋，您还敢再写？"王干习惯性地缩了一下头，呵呵一笑："我写的是高邮的鸭蛋。"四两拨千斤，把我的疑虑轻松化解。我追问，杜老真的会把泥土放进嘴巴里尝？王干一脸认真："真的，他果真把土掬到嘴边，舔了一小块。"

我不再作声。我想，这样令人意外又生动的细节，和敲开"空头"筷子扎下去滋滋冒油的咸鸭蛋一样，令人咀嚼、难忘。

我知晓里下河这个地名是在2018年。是年，我举家在扬州欢度春节，适逢"扬州宴"餐厅推出"汪曾祺家宴"，受邀出席，餐厅总厨陶晓东烹制"汪豆腐""慈姑汤""软兜长鱼"等一桌土菜，声言出自家乡里下河地区。那顿"家宴"从构思到出品，弹睛，出彩，堪称完美，至今余香萦绕心头。我向来对扬州地区的美食青睐有加，昔年间往来十余次，自认为食过的土菜既多又全。读过《人间食单》中罗列的里下河美食，才发现尝过的尚不及半，这又勾出我胃中的馋虫来。

王干是美食家，也擅书法。书中《汪味》篇中的汪味馆，门头招牌即他在高邮所题。如不出意料，恐是酒中或酒后之作。一来，酒至酣处，字好求；二来，王干书法精妙之处，往往是在酒后方显。我们莫奈花园的招牌即其代表作，老辣酣畅亦不失文气，如今已高悬于酒店最显眼的位置，面朝大海。撰文至此，忽记起一事。大约是前年的一天傍晚，王干在朋友圈中晒出一幅照片，图中是高邮一家餐厅的门头牌匾，上书"祺菜"二字，让大家猜猜是何人所题，言明猜中者奖励王干作品集一套、土酒两瓶，好像还有腊肉若干。我一个激灵，立马第一时间把答案奉上。答曰："祺，是汪曾祺先生的字；菜，乃王干先生所书。"

一刻钟后，王干公布答案：青岛王开生猜中。

此后一段时间里，我十分留意快递小哥的到来，每每忍不住主动询问有无我的包裹，毕竟，脱颖而出一次不易。然我梦寐以求的一干奖品如黄鹤一去，至今杳无音信。

我于《人间食单》这本书的出版，多少也算有些贡献。篇中《太平角的咖啡馆》是我陪着干老采风之作，那天我们喝了各式各样的咖啡，干老和几家咖啡馆的老板娘风趣地搭茬聊天，妙语连珠，对这篇佳作的构思或有别样启发。此外，书中至少还有一两万字是干老在青岛莫奈花园小住时完成的。干老有一特点，平日吃饭、喝酒、聊天绝不耽误码字，且有字数目标。愈是在外地，笔头愈勤，精品愈多，砍柴磨刀两不误，此非常人所能。据此两点，军功章上该有我的一角。

《人间食单》中有一篇《偷月饼》，写得极唯美，也感人，读着读着，眼眶竟有些湿润，我想我奶奶了。自小奶奶把我拉扯大，老人家曾是我最亲近的亲人，一晃眼，她走了整二十年了。

在我看来，《人间食单》写出了人间美食百态，但缺憾之处亦十分明显：干老数度来青，遍食胶东美食美酒，然此书中并无只言片语。或许干老在憋着劲儿，或许还得再深入挖掘，或许是干老有意卖的关子……要知道，青岛特产71度的小琅高一直在期待着您的书写呢！

许多家乡菜消失了，幸好还有《人间食单》这样的文学作品，冒着人间的烟火气息，传世。